島國守衛戰

01 哥哥說路邊的熊不要亂撿！

白陽

綽號	白羊
身分	環境控制員
體測值	A
技能	利用墊板磨擦自己可產生高壓靜電
個性	總是一副懶洋洋的模樣，不想惹麻煩，但對於找死、不守秩序的民眾卻會發飆怒斥。

巨斧泰迪熊

綽號	熊熊
身分	魔物
體測值	？？？
技能	拿巨斧砍人。裝萌。
個性	？？？

冰川

綽號	~~美少女~~
身分	環境控制員
體測值	S
技能	冰的能力者
個性	大剌剌的少女，屬古靈精怪又帶點天然白目的類型，實則把自己的悲傷都壓在心中最深處。

蒼言

綽號	一百億元
身分	島國千金
體測值	？
技能	對於電的耐受性頗強
個性	活潑開朗、愛撒嬌，對於在身邊照顧自己的人都很喜歡。

CONTENTS

01 島國的夜晚不平靜。 007
02 我家有一百億和暴力熊！ 039
03 弟控御姐駕到！ 077
04 夜間辦廟會？不想活了嗎！ 101
05 火箭變身……腳踏車？ 127
06 誰想炸了蒼神鐵路？ 167
07 為了一百億，爬也要爬上三十樓！ 191
08 兔寶寶與美人魚的爭奪戰。 223

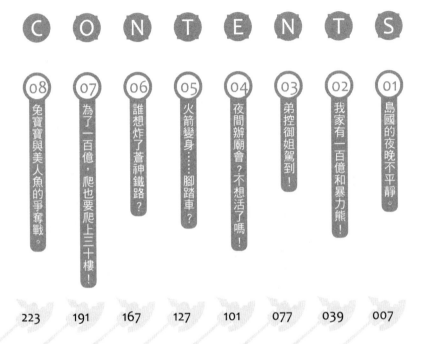

島國守衛戰

鬼島，顧名思義，就是鬼才住得下去的島嶼。
但請相信我，要在這裡生存，可能連鬼都要考慮再三，
因為除了滿天飄浮的劇毒水母之外，
每晚準時報到的巨斧泰迪熊以及會轉彎的白海豚，
都是生活在這裡的人們每天必須面臨的挑戰。

事情是發生在西元二ＸＸＸ年的Ｔ島……

01 島國的夜晚不平靜。

高大的鐘樓上，一個白色的身影縮在塔外的屋簷，也不怕摔下去。仔細一看是個穿著白色毛衣的男子，他的頭髮捲捲的，眼皮半合著，好像快睡著了一樣，全身上下都透著一股懶散的氣息。

他的名字叫做白陽。

白陽從下午四點就一直坐在這裡。對他而言，沒有什麼是比休息更好的事，把握任何時間睡覺，是他做人的最大原則。

即使飄浮在空中的劇毒水母越來越多，他也一副無動於衷的樣子。

「喂，你還在睡啊！」

忽地，上方傳來清脆的少女嗓音。

一道纖細的人影從意想不到的地方出現——方才聲音的主人竟從高塔頂端一躍而下，白陽根本記不起來她是什麼時候跑去那裡的。

少女單手拎著一件薄外套，隨意披掛在肩上，上半身唯一的素色T恤掩蓋不住她玲瓏有緻的身材。儘管少女神態自若，但微微浸濕上衣的汗跡，顯示她才剛結束不輕鬆的勞動。

「要把握時間休息嘛，晚上又要忙～」白陽說道，並懶懶的望向下方。

看顧鐘塔的老頭子從二樓的窗戶探出頭來，那光禿禿的腦袋讓白陽興起一股想往下吐口水的幼稚念頭，誰叫他平時老是對著他們大吼，要他們不要在鐘塔上玩。

這座城市算是十分新穎，到處都是高樓大廈。有別於此，這座鐘塔就顯得古老了，且給人一種中世紀的異國感覺，不論是外牆的女神浮雕還是尖屋頂的設計，在這座城市中都顯得相當特別。

「話說，妳還真的在所有的屋頂上都插上風車了啊？」白陽問。

「對啊，我想做的事就一定要做到！」少女充滿自信的說。

整個下午，白陽除了坐著打盹外，就是看著他的搭檔東奔西跑，在每棟大樓的屋頂插上比人還高的巨大風車，簡直有用不完的精力一樣。

他不禁搖搖頭，無法理解她為什麼老是在做一些奇怪的事。就像下午她突然想要看風車，便拿出了不知哪來的巨大風車，一個個插在大樓上。

少女名叫冰川，和白陽搭檔出任本區的「環控員」已經好一段時間。

至於個性……該說是太過開朗還是過動兒？冰川有著一副不輸廣告明星的燦爛笑容及無比旺盛的活力，無論做什麼表情都好像在微笑一樣，大概就是人人口中的那種陽光女孩吧？

白陽並不討厭個性開朗的搭檔，但冰川同時是個徹底的行動派，這點就和白陽的個性完全相反了。他每次都莫名其妙的被冰川拖走，無法進行他的「休息」。

「好了喔，時間要到了喔！」冰川的眼眸發著光，張開雙臂等待著六點的到來。她身後的長髮隨風飄逸，宛如隨時會飛走一樣。

「妳想幹嘛？」白陽問道。有冰川在旁邊，他實在是很難好好休息。

「要六點了啊，再不起來我要把你理毛了喔！你這隻懶羊～」冰川微笑著說，並用手指捲了捲白陽的頭髮，顯得十分親暱。

是的，白陽的綽號就是「羊」，或是「白羊」，因為他長得一副白白淨淨的樣子，頭髮是很亮眼的白色，還捲捲的；而且他又老是縮成一團在打盹，怎麼看都像隻懶散的白色綿羊。

「好了好了時間到了，你快點起來吧！」

冰川捏緊了白陽肩膀的穴道，讓他不得不喊痛的跳起。

已經六點了，鬼島要開始發威了。

就在離他們不遠的地方，原先悠閒飄著的那些透明水母開始發顫，然後迅速分裂，一個變兩個、兩個變四個、四個變八個——人們尖叫著逃回屋子裡，說明城市進入宵禁狀態。

夜晚的鬼島非常危險，普通人在六點後就必須回家躲藏，一步也無法踏出室外。

「每天都在打這些水母……」白陽小聲的碎碎唸，「麻煩死了！」

只見一大團的水母群在空中越靠越緊，最後合體成一團刺眼的白光——水母王，出現了！

「動工吧。」冰川最後摸了一下白陽的頭，往旁邊一跳便跳入對面大樓的陽臺。

白陽也往後跨了一步，看著一隻小水母來勢洶洶的衝來，就這樣啪噠一聲撞在地上，在他腳尖前扁成一片。

「哼，就這點程度也想要我出手嗎？」他踢了小水母一下，感覺像口香糖一樣黏。

「羊，今天就交給我吧！」

「蛤？妳想幹嘛？」白陽不禁抬頭問道。

「你看著就知道了。」

綻開一個笑容後，那美麗的長髮在空中散開，伴隨著她的縱身一躍波浪狀的落下。

但隨後冰川「飛」了上來，白陽不禁驚嘆於眼前的景象──冰川的手掌產生了強勁的霧氣，流竄在她纖細的腰際及身體各處，使她飄浮起來，景象有些夢幻。

冰川是冰的能力者，可以掌控並使用冰的能力，因為有這種能力，才得以成為「環控員」。

而她的搭檔白陽，也是能力者。

這時，水母王已經成形，開始在空中遊走，伸出觸手找東西吃。牠雖然外表看起來軟弱，但毒性卻是超強的，只要被牠的手握到，即便不死也只剩下半條命。

只見冰川張開雙臂，宛如在呼風喚雨那樣仰起頭，一團又一團的急凍霧氣從她的身體各處釋放出來。接著她彈一下手指，城市裡所有的巨大風車頓時開始轉動。

「這……」白陽先是瞪大眼，好像很震驚眼前的景象似的，但隨後卻懶散的打了個噴嚏，「好冷啊……」

隨著風車的轉動，冰川所釋放的白霧開始盤旋、凝聚，下一秒，好像爆裂了般結成巨大的尖刺，直接貫穿水母王！

「喔，原來如此。」白陽點了點頭，揉了揉鼻子就又窩回角落。

見他的反應如此平淡，冰川有點不滿的嘟嘴說：「還不只這樣喔！」

她再次彈了下手指，冰柱立刻變回霧氣，然後在風車的操控下重新聚成巨大的盾形，往半死不活的水母王頭上敲去。

白陽縮了一下，「真痛……」

「你真的有在認真看嗎？這是我的新發明呢！」冰川手一手扠著腰，一手指著胸口自信滿滿的說道：「以後這裡就是我的地盤了，不管是水母王還是其他魔物都只能乖乖聽話！」

「妳說這風車圍起來的地方嗎？」白陽指著各大樓頂上的風車問。

「對。」

「那風車以外的地方就不用管了嗎？」嘆了口氣，白陽咕噥：「真無聊。」

冰川才想著要回嘴，卻見被她敲暈的水母王又活了過來！

一隻隻帶著詛咒的觸手迅速凌厲的甩出，水母王宛如被激怒了，與剛才軟弱的樣子截然不同。

冰川躲過了甩擊，一刻也不停歇的在大樓間跳起逃跑。

白陽看著覺得不太妙，但在認真的考慮衡量過後，他還是決定繼續休息，讓冰川自己去處理。

「嘿！」冰川跳過了數個屋簷，一邊向後發射寒冰製成的飛鏢，完全沒有畏懼的樣子，身手反而越來越靈巧。

但水母王的觸手不只一隻，它們交錯的追逐著冰川，遲早會捲住她的腳。

冰川折返了回來，她沒有餘裕再做出冰長矛或盾牌，只有逃跑的分，然而在躍過某高樓後她突然停住腳步，不再躲避觸手——原來水母王在她的誘導之下觸手全都打結了！觸手錯綜複雜的糾纏在一起，讓水母王怎麼施力都解不開。

接著，冰川朝高樓一拍，巨大的寒冰尖刺便如螺旋狀般穿刺出來，終結了水母王的性命。

「我倒是很好奇，她為什麼能操縱風車？」

此時，從白陽的身旁突然傳來聲音。

白陽嚇了一大跳，差點從高塔上掉下去。

看清來人後，白陽立刻站起招呼道：「主、主任……」

「你就繼續休息吧，現在的環境係數是S，合乎標準。」

眼前戴眼鏡的男人穿著一件白色實驗服，表情嚴肅，手持著像評量表的東西在那裡塗塗寫寫，怎麼看都是一副教授或科學家的模樣。

曾主任——他是這個城市的地區主任，而白陽和冰川則是城市的「環境控制員」，隸屬在他之下。

至於什麼是環境係數、什麼是環境控制員，這就說來話長了。如今的T島，因為不明的原因，環境已經嚴重惡化到無法復原，所以被島上的人民稱之為「鬼島」。

所謂的環境惡化，簡單來講就是出現變異生物肆虐。那就像是空氣中存在著輻射一樣，也像是鬼門大開，眾鬼雲集。總之，城市中會不斷出現劇毒水母、變異豬公等等的危險生物，讓人民很難生存。

牠們究竟是怎麼生出來的，沒有人知道。但夜晚的環境更糟糕，一旦身體素質在B以下，不需要被水母握到，只要一出門就會被空氣中的無形酸液酸倒，至少得在醫院躺半個月才能恢復。

為了保護可憐的T島人民，於是便出現了一個叫做「環境控制聯盟」的組織。「環控聯盟」監視著T島每個地區的環境安全，一旦出現環境惡化，例如水母大量出現危害人民，就會派出他們這些「環境控制員」來清除危害源，以確保人民能夠在良好的環境中生存。

白陽和冰川便是環控聯盟旗下的一員。

至於聯盟用來監控環境好壞的標準，則稱之為「環境係數」。

環境係數由最好到最壞分別為：SSS、SS、S、A、B、C、D……一直到G。若係數在D以下，即使是躲在家中，人民仍有可能受到魔物攻擊；而若是G的話，那就真的是鬼才住得下去的地方了。

「如果有空，這裡暫時OK的話，你們就先去西邊那邊支援好了。」曾主任說道，並朝冰川招手，要她過來。

「為什麼西邊會需要支援？」白陽敏銳的察覺到不對勁。

「你們去了就知道了。」曾主任抬了一下眼鏡，露出深意的表情說：「那邊目前的環境係數已經惡化到了D，需要兩位的幫忙。」

「D？！」白陽一聽差點摔倒。

「嗯，聽說是市中心出現了轉彎白海豚。」曾主任沉穩的說道，帶著白陽和冰川就準備往西區移動。

「轉彎白海豚？」白陽皺了眉頭。

「轉彎白海豚！」

感覺到搭檔的聲音充滿興奮，白陽不自覺的皺眉，目光瞟向身畔，果然冰川雙眼亮晶晶的，巴不得轉彎白海豚立刻現身。

「是的，那可是Ａ級的魔物，所以係數一下子降到了Ｄ。」曾主任說著，並在看了一眼手機上的訊息後說：「但我想……你們還是先去幫忙處理巨斧泰迪熊好了。」

「巨斧泰迪熊？」

「巨斧泰迪熊耶！」

又是完全相反的反應。

「嗯，在西區最大的停車場那邊。」曾主任點頭，「將你們帶過去後，我也得趕快往上通報。」

「當主任還真辛苦啊。」白陽說。

「沒辦法，為了島國的和平嘛。」曾主任抬了一下眼鏡，突然像是想到一件事，提醒他們：「對了，你們過去後說話要小心一點，有太陽院的人。」

「太陽院也到了？」白陽吃驚的問。

「對，所以你們小心一點，那群人最近對我們不太友善。」

太陽院和環控聯盟，同是國家最大三股勢力的其中之一，且都以保衛人民為中心理念。但太陽院是個宗教團體，作風非常保守，和環控聯盟完全不同。

在這個經濟崩壞、環境惡劣、寶島淪落為鬼島的時代，人民的心靈需要有個支柱，這個支柱便是宗教。太陽院之所以能成為三大勢力之一，是因為他們擁有民心。人民上廟宇祈福、拜拜，就都將心寄託於他們。

可是也有人批評，他們獲得無數捐款、坐擁華麗禪寺樓閣不盡，卻不見在社會上有多少付出——事實上也沒錯，比起環控聯盟，太陽院所付出的實在太少了。地方上的安全始終都是環控聯盟的責任，而太陽院只有在發生重大危機時，才會派出院士協助。

因此，白陽就十分疑惑了，為什麼太陽院的人會出現在這個城市呢？

「係數就算降到了D，也不是什麼大不了的事吧？全國各地目前不知道有幾處是D呢！為什麼太陽院會來？」白陽問著，難得的露出認真的眼神，「要說重大危機，至少要G級才會讓他們出動吧？」

「你問我，我也不知道囉。」冰川不在意的聳了聳肩。

▶◎◀◎▶◎◀

白陽和冰川抵達城市西區，也到了目的地——泰迪熊出現的停車場。

奇怪的是，他們在這裡並未看到任何人、任何同事，當然也沒看到巨斧泰迪熊，只有一堆被砸毀的車。

「聽說巨斧泰迪熊全力跑起來時速可以到八十，還會拿斧頭追人！超恐怖的！」冰川說，一面伸展著修長的雙腿，在做暖身運動。

「恐怖是恐怖，但妳打算幹嘛？不要告訴我妳想跟泰迪熊賽跑！」

「賽跑啊……這主意聽起來真不錯。」

「不，千萬別那麼做！我會被妳害死！」

就在此時，有一個人突然從草叢中探出頭來，著急卻悄聲的叫他們：「喂，快點過來！快點！」

那人拚命朝白陽和冰川招手，一面東張西望，不敢太大聲。

「怎麼了？他是誰？」冰川問。

「不知道，但我想我們趕快過去比較好。」白陽回答。

只可惜，已經來不及了。

其實這處停車場已經成了埋伏的場所，數名環控員就躲在草叢中。只是他們剛才都在聊天，沒有注意到白陽和冰川的到來。

至於他們要埋伏的對象，沒有別的，就是巨斧泰迪熊。

在那名環控員招呼之際，巷子裡出現了明亮的車燈，一輛車橫衝直撞的闖進了停車場裡。車子的駕駛座上坐著一隻泰迪熊布偶，熊手上還拿著一柄車輪大的巨斧。

「哇！羊你有看到嗎？泰迪熊在開車！」冰川興奮的抓住白陽的肩，眼神發亮的看著前方的泰迪熊。

「……我看到了。」白陽不禁傻眼道：「為什麼巨斧泰迪熊會開車？這裡到底發生了什麼事？」

不知為何，冰川突然像降了溫似的嚴肅道：「我覺得，我們還是趕快跑比較好。」

「妳總算提出了一點建設性的建議。」白陽點點頭，他終於不用再吐槽她了。

車子停下後，巨斧泰迪熊匡噹一聲拖著斧頭下車，斜著眼怒瞪白陽和冰川，一副很想砍人的樣子。

白陽打了個寒顫，趕緊跟著冰川逃跑，卻聽到她說：「嘿嘿，試試看能不能讓牠加速到一百八！」語氣居然又回到了興奮狀態。

「妳到底有什麼問題啊！」對於搭檔的迅速「變臉」，白陽只想搖頭。

但很快的，冰川就笑不出來了。泰迪熊的速度一下子暴增，舉著斧頭左搖右晃的衝刺過來，那迅猛的速度和牠矮胖的身形完全呈現一個大反差。

「冰、冰川！還不對付牠嗎？」白陽朝前方的冰川伸出手。

冰川認真道：「還沒到一百八前我不會出手。」

「可惡，妳！」白陽突然意識到必須靠自己了。他原本想說能讓冰川處理是最好，但此刻泰迪熊已經要砍到他的背後了。

白陽轉過身，白色的瀏海一晃而過，露出了隱藏在底下的專注眼神，一副要開大絕的樣子，但下一秒從懷裡拿出的卻是——墊板？！

還是印著卡通人物的那種。

然而，在他要出手之時，突然有一群人竄入他的眼前——

「就是現在！」

砰的一聲，從他們的槍口中射出了一張又一張的網子，全都瞄準了巨斧泰迪熊。

是的，他們就是剛才埋伏在草叢裡的那些人——當地的環控員。

其中領頭的人是個高大的男子，他叼著菸草、眼神冷漠，走起路來一跛一跛的，但卻氣勢十足；跟在男子身後的則是一個年輕的男孩，剛才就是他喊了白陽他們。

「嘖嘖，你們壞了好事啊！我很久沒看懶羊認真了說～」冰川俏皮的說著，並蹲下來試圖摸在地上掙扎的泰迪熊。

「是你們才差點壞事，居然闖入我們埋伏的場合。」菸草男說：「所以……你們也是環控員嗎？」

「對，是曾主任要我們過來支援的。」白陽說明來意，並詢問：「所以，到底發生了什麼事？為什麼泰迪熊會開車？」

「在這年頭，能看到賓士車也是會眼紅的啊～」一個成熟的女子說道，似笑非笑的表情讓人摸不著頭緒。

「可以認真一點回答嗎？」白陽送出一枚白眼給那女子，「我們也是大老遠來到這裡支援的，可不希望不明就裡的回去。」他最不能接受的就是徒勞無功的事。

菸草男看了白陽一眼，然後說：「事情還沒完呢，等等還要你們幫忙，不會就這麼讓你們回去。至於泰迪熊，我看你們是太久沒遇過泰迪熊了吧？」

白陽和冰川對看了一眼，異口同聲問：「什麼意思？」

「最近泰迪熊一直在進化，變得越來越有人性了。除了開車之外，昨天還發生了有闖入百貨公司去逛的、還有敷面膜的——這年頭，熊都以為自己是人了。你們那裡比較少有泰迪熊，所以應該不知道吧？」

「嗯，我們那裡只有水母。」冰川點頭。

「果然沒錯。」菸草男嘆了口氣，「總之呢，這隻熊在大肆砸車子的時候，看到一輛不錯的，就心血來潮開出去玩了。之後我們評斷牠會再回來，所以埋伏在四周。」

「原來是這樣啊！」冰川笑著，覺得十分有趣。

「我聽說還有轉彎白海豚？」白陽問道。

「對，在市中心那邊，但那裡目前不是我們在處理。」菸草男的目光變得冷淡，口氣也變了樣，「被太陽院的人接手了。」

「也難怪，轉彎白海豚是超級罕見的A級魔物不是嗎？」冰川說。

「對，就是因為是A級魔物，所以才要殺給民眾看。」菸草男哼了一聲：「作秀，還不都是這回事嗎？太陽院的人最喜歡作秀，有大 BOSS 時才出來殺，抱抱受難家屬拍拍肩、發表國難感言，讓廣大人民認為他們是英雄。」

白陽望向他的搭檔，果然看到她蹙了眉，他知道她不喜歡這個話題。

「但光是這個原因，不足以讓太陽院真的派人到這裡吧？」白陽依舊不解，「白海豚即使罕見，也只有Ａ級而已，要作秀也達不到什麼效果，依照太陽院的作風，不可能為了一隻Ａ級魔物就跑過來吧？」

「你問我我也不知道，而且我也不想知道。」菸草男聳了聳肩說著。

轉彎白海豚，說是很猛的魔物也的確很猛，但卻不足以讓太陽院大費周章派人來這裡。太陽院究竟是為了什麼而來呢？白陽感到很好奇。

「你們現在，先幫我把這傢伙拖回去分部吧。」菸草男指著被綑綁在地的泰迪熊。

「現在？我們兩個？」白陽不禁有些不悅。

若眼前的男人是地區主任就算了，可他只不過和他們一樣是環控員，憑什麼這樣使喚他們？

「怎麼？有什麼意見嗎？」菸草男問。

「你的吩咐，恕難從命啊！」白陽不客氣的說：「我們也有自己的轄區要顧，若不是真的要圍捕魔物，我們這就回去了。」

要他白出力，他才不幹呢！他原本就不是很想來，現在光是想著要再跑一趟路回去，他就很火大。

果然是隻不折不扣的懶羊。

但冰川卻說：「沒關係，我們來運送泰迪熊吧！」

「冰川？！」白陽瞪大了眼，不敢相信自己竟被她背叛。

「對，反正我們也沒什麼事做嘛。」她朝白陽擠了擠眼。

「你們出爾反爾的，到底是想怎樣？」男子彈了彈菸草。

「就把泰迪熊交給我們吧！」冰川說。

▶◎◀◎▶◎◀

於是，現在白陽與冰川開著拖板車，要將泰迪熊運送到分部去。

白陽真的很火大。

「妳到底是怎樣啊？為什麼要幫他們收這個爛攤子？」

「我想養這隻泰迪熊。」

「什麼？！」白陽的下巴差點掉下來，「妳在開玩笑吧！」

「沒有開玩笑啊～現在我們把泰迪熊帶走，他們也不會知道吧？」冰川咧嘴笑道。

白陽的眼神死了，他捂住自己的臉，真的很想將耳朵扯下，假裝什麼也沒聽到。他知道冰川一旦想做一件事，就沒人阻止得了。

過了一會，他平靜的、冷漠的說：「妳要養泰迪熊，就給我滾出家裡。」

「咦？為什麼？那我要住哪裡？」

「隨便去住在水溝裡也好，跟妳的熊一起住！」白陽無情的說：「反正我家不允許養熊。」

「拜託嘛～絕對不會麻煩到你的啦～羊大大！」冰川朝白陽湊近，哀求的捏了捏他的手臂。

白陽顫了一下，他聞到了冰川身上特別的香氣，臉頰也被她的髮絲搔到——他伸手將她推開，然後一下子火大起來，警告道：「絕對會麻煩到我！我最討厭麻煩的事！而且妳給我好好開車，手握住方向盤！」

「拜託拜託嘛～我給你十張按摩券，免費幫你按摩十次。」

白陽剎那間心動了一下，但還是堅決說：「不准養！」

此刻的他們，一個就像抱狗回家的小孩，另一個則像堅決反對到底的母親。對白陽來說，和冰川一起住就已經夠麻煩的了，他絕不可能再接受養一隻熊。

況且那還是巨斧泰迪熊，會砍人的啊！

突然，一股濃濃的燒焦味傳來，空氣變得汙濁不堪。白陽和冰川立刻停止了爭執，這才發現他們似乎闖入了市中心，也就是轉彎白海豚出沒的位置。

「你們是誰？」

立刻有兩、三個穿著金黃袈裟的僧人走過來，他們的耳際邊都有個太陽的印記，顯示了他們是太陽院的人。

「這裡已經封鎖了，不是你們可以進來的場合。」其中一人對著駕駛座的冰川說。

「不好意思，我們誤闖了，但請問，裡頭是在抓轉彎白海豚嗎？」冰川客氣的問。

「不干你們的事！」

「算了，冰川我們走吧，別熱臉貼人家冷屁股。」白陽說。

冰川卻微微一笑，撐在車窗的手肘有些反光。她輕聲問道：「你們覺得，為什麼會叫做『轉彎白海豚』呢？」

白陽皺眉，不明白她為什麼突然這樣問。

「那是因為，牠們遇到討厭的東西～就會轉彎啊！」

冰川話一說完，白陽便聽到了高亢刺耳的嘰嘰聲——空中突然降下了一大群海豚，高速的朝他們衝過來！

「哇！」

「救、救命！」

海豚的尖銳聲響震耳欲聾，冰川立刻踩油門將車子開到一旁甩尾停下，和白陽一起看著僧侶們被白海豚攻擊。

那些白海豚不斷在僧侶身旁打轉，激起一串又一串的泡泡。

「別、別轉了啊！」

「饒命啊！不敢再說你們會轉彎了啊！」

僧侶們個個捂住耳朵，像喪家之犬一樣逃跑。

「為什麼妳知道白海豚來了？」白陽放下捂著耳朵的雙手，不解的問。

「我聽到牠們的聲音了啊～」冰川咧嘴微笑，嘴角淺淺的勾起。

白陽覺得，他有時候真的很不了解他這個搭檔，她像是擁有神奇的力量，在她身邊老是會有一些很神奇的事發生。

「咦，我好像又聽到白海豚叫……」冰川說著，並往窗外探去。

「真的嗎？」白陽趕緊又捂住耳朵。

「對，而且好像……不太對勁……」

她話一說完，尖銳的海豚叫聲再次傳來。從前方的市政大樓門口裡，突然湧出了大量的白海豚，像海浪一樣轉彎湧過來。

「冰、冰川！快踩油門啊！」白陽看了臉都綠了。

「不，你看！」冰川指著白海豚。

「看什麼看啊？快走啊！會死的！」

「你看，有個小女孩在上面哭！」

白陽立刻抬起頭，果然看到了在那群白海豚之中，有個小女孩坐在其中一隻海豚的背上哭泣，而且是嚎啕大哭。

「她是不是被牠們綁架了？」白陽問。

「不，看起來不像。牠們好像在保護她……」冰川瞇起了眼推測道。緊接著她突然驚叫：「啊！你看！牠們後面！」

說是金光萬丈也不為過，在那群白海豚後方，緊追著而來的是太陽院手持金棍的戰鬥僧侶，他們就以獵殺魔物聞名。

「竟然派出了戰鬥僧侶？就算是要殺轉彎白海豚，也太小題大做了吧！」白陽驚訝的說著。

「不、不是那樣……」冰川皺起眉，「被獵殺的應該不是白海豚，而是那個……小女孩！」

冰川猛地踩下油門，急速做了個大回轉，很快的便和白海豚們並列而駛了。

白海豚並沒有攻擊他們，而是拚命的游著，要帶小女孩逃離。

「羊，我們只有幾秒的時間救小孩。」冰川邊說邊從將頭探出車外，看著後方載著小女孩的白海豚逼近。

「妳又想多管閒事？」白陽翻了個白眼。

「這哪裡是多管閒事啊——我們不救她的話，她會死呀——」冰川捏住白陽的肩膀搖晃，「你看清楚啊，那是一個無辜的小孩，無辜的小孩！」

「痛痛痛啊！知道了啦妳快給我放開！」

白陽大嘆了一口氣，哀怨著自己的命運坎坷，然後爬出副駕駛座，站上車頂。

他仰起頭，確認了一下自己與小女孩的相對位置。

拖板車已經混進白海豚之中了，載著小女孩的那隻白海豚則在他們後方不遠，很快就會與他們平行；但太陽院的僧侶同樣離他們越來越近，即使他們救走了小女孩，那些僧侶早晚也會追上來。

所以他必須做點什麼才行。

「呼——」

白陽深吸了一口氣，感覺自己已經很久沒有像這樣伸展四肢了。

又是瀏海一晃，淺色的眼眸在白色髮絲下變得明亮，他隨後取出了一直插在腰際的墊板。

白陽將墊板在腋下摩擦數次後，再用墊板掠過全身上下，尤其是毛茸茸的頭髮——很快的，他的全身開始發光、發熱，白色的毛衣及捲捲的白髮整個膨脹起來，就像一隻發光的大白羊，整個人成了一個靜電傳導體。

「哦哦，出現了，超級電羊！」冰川的眼眸閃爍著驚奇的光芒，她半個身體都快鑽出車窗了，巴不得也想爬上車頂。

「妳給我專心開車！」

說完，白陽朝上方一躍，跳上空中伸出雙手，比出手槍的姿勢對準了遠方的太陽院僧侶——積攢在全身上下的靜電立刻凝聚成了強力電流，閃爍一下後便從白陽的手指射了出去。

僧侶們當然不是絕緣體，其中一人吆喝了聲：「快撤！」全體僧侶立刻向外避開。然而，白海豚們卻在此時向後方釋放出了無數的泡泡，瞬間讓電流擴散成一片，造成了範圍性的爆炸。

白陽不禁看傻眼了，「果真，魔物也越來越通人性了嗎？」

在白海豚泡泡的幫助下，太陽院被炸得體無完膚，即使躲過了致命的電擊，也依然無法再追上來。

那隻載著小女孩的白海豚游近拖板車，輕輕一翻就將小女孩拋到白陽懷裡。

「啊！這……」白陽不禁嚇出一身冷汗，他身上的靜電可還沒退去，啪滋啪滋的作響著。

但是小女孩卻沒有被烤焦還是怎麼樣，她睜著水汪汪的淚眼看了白陽一下，然後像是累壞了一樣，依偎在他的懷裡軟軟的說：「麻麻的，好暖和……」

——什麼？！我的電對她來說只是麻麻的，好暖和嗎？

白陽不禁傻眼。

「羊，她還好嗎？」冰川的聲音傳來：「白海豚已經走了，光頭和尚也沒追上來，但我感覺有什麼危險。你們快進來，我要飆車了，我們先離開這裡！」

「妳開吧。」白陽吐了吐舌頭，抱著小女孩懶懶的就窩在拖板角落坐下。他那懶散的個性又發作了，既然事情已經結束，那坐在這裡和坐回車裡不都一樣能回家嗎？幹嘛又多此一舉！

「麻麻的，好暖和……」小女孩咕噥著，已經睡著了，小小的手卻仍緊緊抓著白陽的衣服。

白陽身上的靜電也差不多退去了，蓬鬆飄起的頭髮逐漸垂下，發光的白色毛衣也暗淡了下來，總算讓他這隻「電羊」變回懶羊。

這是他的能力，不管是他身上穿著的毛衣，還是毛躁的頭髮，全都非常容易產生靜電；再加上他的體質天生對電有種耐受性，因此便能藉由墊板摩擦成為「電羊」。

白陽打了個哈欠，將自己塞在拖板最角落的位置，暗自想著今晚真是吃了大虧了，不僅做了許多麻煩事，還把自己變成電羊。

他覺得他已經把一整個月的勞動額度都用完了，不，或許是一整年也說不定。

就在此時，他突然覺得懷裡的小女孩有點面熟。

「……冰、冰川！」

「啊？」冰川將頭探出車窗。

「冰川！」

「幹嘛？我在聽啊。」

「這個……這個小孩是……」白陽吞了口口水：「是蒼神的女兒！」

「蒼神？」冰川揮了揮手，笑道：「哈！別說笑了啦！你說的是那個蒼神鐵路的蒼神嗎？」

「對啊！她……她就是電視上已經報了好幾個月的、協尋獎金破一百億元的……蒼神失蹤的女兒啊！」

拖板車一下子緊急煞住，刷的一聲撞在路樹上。

白陽的頭在鐵板上撞了好大一下，但他的腦袋早已一片空白，就這麼失神的盯著懷裡的小女孩。

沒錯，這個有著小巧臉蛋、五官精緻可愛的小女孩，便是T島三大勢力之首——蒼神鐵路總裁的女兒！

02

我家有一百億和暴力熊！

淪為鬼島的T島，若要問財富都落到了哪個人的口袋？那麼肯定只有一個答案，就是「蒼神」。

蒼神是T島的首富，是T島經濟的最大主宰者，包辦了金融、食品、運輸、科技、通訊、甚至是郵政等等所有能想到的產業，因為他掌握了國家的經濟命脈——鐵路。

蒼神的鐵路日日夜夜都在運作，不受魔物、更不受環境係數的影響，因為他掌握了某種技術能夠保護他的鐵路，讓魔物自行迴避。

天黑之後，因為沒人敢外出，所有的經濟活動基本上都停擺。但對蒼神而言，因為擁有鐵路，夜晚才是他真正活絡的時間——掌握了夜晚的經濟就是掌握了國家一半的經濟，這也是蒼神之所以能輕鬆拿出一百億協尋獎金的緣故。

「一百億、一百億、一百億……」

整晚，白陽都傻楞楞的坐在床邊呢喃，看著小女孩睡在他的床上。

這個小女孩就是蒼神失蹤的女兒，從好幾個月前媒體就不斷在報導，報到現在還在報，協尋獎金也一直往上升，升到了現在的一百億元。

「嗚哈～」伴隨著呵欠聲，冰川伸了個懶腰出現在白陽的房間，接著露出見鬼似的表情說：「羊！你該不會整晚沒睡吧？！」

眼前的冰川僅穿著寬大的睡衣……的上半部，修長健美的雙腿從衣襬下毫無掩飾的展露出來。這倒不是冰川不習慣穿睡褲，單純是因為睡姿太差的緣故——雖然白陽也不明白怎麼睡才能把睡褲捲成一團麻花，還踢到床鋪底下。

白陽起初還常因這幅畫面手忙腳亂，現在的他只是嘆了口氣，垂著黑眼圈問：「我倒要問妳為什麼睡得著，還安安穩穩的睡了一夜？」

「為什麼睡不著？」

「這個小女孩是一百億啊！妳忘了嗎？」

「我記得啊，所以呢？」

「什麼『所以呢』！」白陽難以置信冰川竟如此冷淡，「妳到底知不知道一百億代表什麼！」

「知道啊，很多錢嘛。」冰川窩到了床上，近距離打量著小女孩。

儘管是第二次看了，但小女孩宛如陶瓷人偶般精雕細琢的安睡模樣彷彿一觸即碎，讓冰川有種置身在夢境裡的不真實感。

「我來告訴妳一百億究竟代表什麼，一百億就是鬼島 22K 不吃不喝的話要做……我數數看……要做至少一億年啊混蛋！」白陽怒道，聽到這個數字自己也快閃尿了。

或許冰川不在意這一百億，但對白陽來說，只要有這一百億，他這輩子就再也不必工作了！每天不再有任務、不必看別人臉色，只要舒舒服服的在家吃飯睡覺，光是銀行的利息就能把他淹沒。

「啊，她醒了，小妹妹醒了！」冰川突然說。

小女孩的眼皮顫動了幾下，然後緩緩睜開來。

眼前兩個人直盯著她看，她先是愣了一下，然後嚇壞了似的抓起枕頭就丟。

「壞蛋、壞蛋！」

白陽被打中了，他悶哼一聲摀住鼻子，「妳幹嘛啊，我們是妳的救命恩人欸！」

「你！爸爸說所有的男生都是壞蛋！」她指著他的鼻子。

「那他自己也是壞蛋啊……噢！」他又被丟中，「妳看清楚啊，我是昨天抱妳的那個人欸！」

「爸爸說敢接近我的男生都要剁手指，敢追我的要剁掉那裡！」

聽她這麼說，白陽頓時一縮，不敢再向她伸手；冰川倒是噗嗤一聲笑出來，饒有興趣的盯著兩人。

「剁掉……那裡？」白陽畏懼的眨了眨眼，「是哪裡啊？」

「不知道。」小女孩頓時歪了歪頭，反問：「是哪裡啊？」

白陽吞了口口水，說：「蒼神到底是怎麼教女兒的啊？我看我們要小心一點了，要是傷了她一根寒毛，就會被……剁掉……」

「我在想，一定是昨晚太倉促，她沒看清楚你的長相！」冰川揚起笑容說。

「妳、妳那笑容……妳想幹嘛啊？」有種不好的預感升起，白陽支支吾吾的問。

「必須讓她想起來你是誰才行。」說完，冰川抽起了白陽隨身插在褲頭的墊板，往他的頭上摩擦幾下。

「妳幹嘛啊，很沒禮貌欸！」

冰川不理會他，直對小女孩說：「小妹妹，快看，是昨晚的發光大白羊喔！」她一面親切的說著，一面用墊板摩擦白陽的頭，就像在展示動物園裡的動物一樣。

白陽很快的開始發光，迅速累積靜電，頭髮蓬了起來。冰川又摩擦了一兩下後便趕緊丟掉墊板，怕被他電到。

「啊，是你！」小女孩睜大了眼，然後不多說什麼就撲進白陽懷裡。

白陽被撞了一下，但還是穩穩接住了小女孩。他和冰川一樣驚訝，沒想到這招會這麼有效。

「麻麻的，好暖和。」小女孩新奇的說道，並撫著白陽的毛衣。

「這……」白陽驚訝得無法言語，然後才抬頭說：「冰川，她不怕我的電欸！」

「啊？」

「她不怕我的電啊！妳看，她抱著我卻什麼事也沒有，她和我一樣是有耐受性體質的欸！」

「真的耶……」冰川睜大了眼。

白陽的身體能夠承受電力，被稱之為「對電的耐受性」，因此他才能有電羊的型態。而這是他第一次遇到和自己有相同體質的人。

「真是太神奇了，蒼神的女兒竟然和我一樣有耐受性！」

「……耐受性？」小女孩跟著咕噥了這麼一聲，然後又舒服的躺回白陽的胸膛上。

「嘖嘖，她愛上你了哦，你完蛋了。」冰川手指著小女孩說。

「為什麼完蛋？」

「她是蒼神的女兒啊，你忘了嗎？追她女兒的人要被剁、那、裡！」

聽她這麼說，白陽頓時打了個寒顫。

「你叫大白羊哥哥嗎？」小女孩抬起頭好奇的問道，模樣可愛到不行。

「呃……對。」白陽摳了一下臉頰，「就是昨晚救妳的人，之後回去家裡，要如實跟爸爸講喔！」

「嘖，你怎麼老是在想錢啊？」冰川雙手環胸，嘟起的嘴唇顯得不開心。

「那不只是錢，那是一百億元！還不是一億而已，是一百億！」白陽強調。

冰川一手撫額，一副被打敗的樣子問：「所以現在我們要把她送回蒼神那裡嗎？」

「對欸！要趕快把她送回蒼神那裡，蒼神要是知道了一定會很高興。我得趕快找找有沒有體面一點的衣服，總不能再穿毛衣去……」

就在白陽抱著小女孩要站起的時候，她突然大叫：「不能把我送回去爸爸那裡！」

白陽和冰川聽了都是一愣，「為什麼？」兩人異口同聲的問。

「因為……會害爸爸被殺死。」她的眼眸變得黯淡。

「殺死？」白陽忍不住笑出來，「不可能的啦！妳想太多了，這個世界上能殺蒼神的人根本不存在！」

「真的！他們說的！」小女孩說著說著便哭了出來。

白陽和冰川互看一眼，都十分疑惑。

「是誰說的？在這年代就算造謠也會被蒼神處理掉，誰對妳這麼說？」白陽問。

「光頭的人，太陽院的人，一群和尚。」

白陽和冰川再次愣住，兩人更加震驚了。

既然能說出「太陽院」，就證明小女孩沒有他們想像的那麼不經事，所說的話自然也不會是什麼童言童語。

「等等，我傻了，太陽院要殺蒼神？」白陽說。

「有可能只是威脅，要騙小妹妹不要亂跑。」冰川思考分析道。

「所以妳的意思是……？！」

「對，我昨晚就在想了，一切也都很明顯——太陽院的人在追殺蒼神的女兒。」冰川語重心長的說。

昨晚回來後，白陽的腦袋裡一直裝著一百億元的事，因此都忘記了與白海豚及戰鬥僧侶所發生的那一切，其背後所代表的究竟是什麼。

是啊，就是這樣沒錯啊！太陽院大費周章派人來到這個城市，究竟是為了什麼呢？總不可能真的是要殺轉彎白海豚吧！

一切的跡象都顯示了，他們是來殺小女孩的，或者——要把她劫走！

「但是……這怎麼可能呢？蒼神和太陽院的關係一直都很好啊，前幾天他還在螢光幕前和太陽院院長正宗上人握手不是嗎？」

「所以囉，這一定是個陰謀！」冰川點點頭說：「太陽院的陰謀，我們得趕快把這件事告訴蒼神才行。」

聽完冰川的分析，白陽冷靜了下來。然而，他越想越不對勁。

「不、不對……不行！」他將小女孩抱到床上，然後掀開窗簾，朝窗外打量一眼。見白陽面色鐵青的又拉上窗簾，冰川問：「怎麼了？」

「外面到處都是僧侶，到處都是太陽院的人，就徘徊在街上……」白陽指著窗戶緊張的說：「一百億元說的果然沒錯，我們不能把她送回蒼神那裡，一帶她出去，她就會被殺掉！」

「一百億元？」

「就是指小女孩。」

「你煩不煩啊！」冰川雙手五指扭曲的想拔羊毛。

「總之，現在她的處境很危險，在風波過去之前，我們得好好保護她。」說完，白陽坐到了床上，認真的凝視著小女孩說：「妳說的沒錯，現在不能帶妳回去。但不是怕妳爸會被殺，而是怕妳有生命危險。」

「白羊哥哥……」

「所以這段時間妳要乖乖的，要是出了什麼三長兩短，一百億元妳會死，而我也沒有一百億了。」

「你夠了！我要把她帶去我房間！」冰川這次真的生氣了，嘴脣抿成了一直線。她拉起小女孩的手就要走。

「啊──不要，壞蛋壞蛋──」小女孩大叫，然後撲進白陽懷裡，「我要跟著白羊哥哥！」

「……」冰川眼神失望的垂下了手。

「哈，就說一百億元比較喜歡我吧？」

「……」

「好啦，對不起嘛，我保證以後絕對不會再提到一百億元的事！」見冰川的臉色不對，白陽趕緊道歉。

冰川的眼眸越變越黯淡，警告道：「你最好說到做到，要是她知道你只把她當成錢，一定會很傷心。」

「我沒有只把她當成錢，我也很喜歡她啊！」

「哼。」

冰川也沒多說什麼，最後對小女孩投以一個不放心的目光，轉身就離開了房間。

白陽覺得自己搞砸了，因為平時大剌剌的冰川很少生氣，應該說自己與她搭檔以來，她幾乎沒有生氣過吧，但這次她卻真的生氣了。

可是……他並不覺得自己很過分啊！

有時候，他真的搞不懂冰川這個人。

T島的三大勢力，分別是蒼神鐵路（或稱蒼神集團）、太陽院，以及環控聯盟。

蒼神鐵路是企業組織，控制的是Ｔ島的經濟；太陽院則是宗教團體，主掌人民信仰的心，擁有非凡的影響力；至於環控聯盟，認真說來它什麼也不是，既沒有豐厚的資金也沒有民心，要說唯一擁有的，可能就是人們生存在這片惡劣的土地上，依賴著聯盟的守護。

如今，最大的兩股勢力竟發生了太陽院要追殺蒼神女兒的事，這背後所牽涉到的，肯定足以引發一場超級動盪。

「妳叫什麼名字啊？」客廳裡，白陽餵小女孩吃飯，一面問道。

「言言。」她眨著大眼睛回答：「我叫蒼言。」

「蒼言啊……連名字都這麼有氣勢。」白陽苦笑。

「言言，妳失蹤的期間，到底發生了什麼事？」冰川坐在一旁，雙腿間夾著一本圖畫本，是她在倉庫裡找到的，要用來對蒼言釋出善意，但似乎是多餘了。

「發生了什麼事……」蒼言露出怯懦的表情。

白陽摸摸小女孩的頭，柔聲道：「對，現在有我們在，妳不用怕，就說出來吧。」

究竟發生了什麼事，蒼言也說不清楚。她只知道自己在好幾個月前被一群光頭僧侶綁架，幾經波折之後，被安置在這個城市，然後就發生了昨晚的事。

「但是我記得一個人，是有三個眼睛的人。」蒼言說。

「三個眼睛？」白陽皺起眉。

「嗯，他也是和尚的一分子，但我不知道他是好人還是壞人。一開始就是他把我從壞人手中救出來，讓我住在一個地方。昨天他突然說有壞人要來殺我了，所以要帶我去另一個地方，但是途中就不見了。」

白陽和冰川對看一眼。

「看來這事比想像中複雜啊。」白陽說。

「對了，他有給我一個奇怪的東西。」蒼言說著，便從口袋裡拿出了一顆像糖果的東西。

除了像糖果，也像彈珠，但更像是什麼寶石；渾圓透明的一顆，紅色的，細看的話，能看到有紅色的雲氣流轉在上頭，簡直就像什麼魔法石頭一樣。

「能借我看看嗎？」冰川問道，並伸手接過石頭。

「感覺是很珍貴的東西。」白陽湊近說。

「他有說這是什麼嗎？」冰川問小女孩。

「沒有，那時候已經很緊急了，他只交代我要收好它。」蒼言回答。

「冰川，我感覺這件事已經不是我們能處理的了。」白陽說：「我看我們還是寫封信給蒼神，告訴他女兒在這裡，然後要他派人來接走好了，這樣的話太陽院也下不了手。」

「好主意，但我們要怎麼聯絡上蒼神？」

「呃，對欸……」

「是吧，打他公司的電話，一定也是客服人員接的。況且他有那麼多公司，也不知道要打哪一間。」冰川說。

「我知道爸爸的手機。」蒼言突然說。

冰川和白陽都愣了一下。

「喔，真是的，言言妳怎麼不早說啊？早點說就不用這麼麻煩了，我最討厭麻煩……」白陽發著牢騷。

但他們一撥號碼，卻發現竟然是空號。

「言言妳有沒有記錯號碼？為什麼是空號？」冰川問。

「不可能記錯啊，這是爸爸的手機。」蒼言皺起眉頭，「而且爸爸從來沒換過手機號碼。」

白陽抿起嘴，心裡頓時有股不妙的感覺。而冰川突然打開電視。

「冰川！都什麼時候了妳還看電視？」

電視機一開啟，出現在螢幕上的就是蒼神的身影——白陽頓時明白了冰川在想什麼：剛才撥出的空號再加上蒼言的那些話，讓她迫切想知道蒼神鐵路目前的狀況。

「請各位協助我找到我女兒，她六歲，身高一百……」

螢幕上是個穿著一絲不苟的男人，說年輕不年輕，但一點也不蒼老。他的眼神冷漠卻帶著一股致命的犀利，舉手投足之間散發出雄獅一般的驚人氣勢。

這個人就是蒼神。

「這段畫面已經重複播一個月有了吧？」冰川問道。

「有，差不多。」

「意思就是說，蒼神已經有一個多月沒有上螢光幕了吧？」

「我記得他好像有跟正宗上人握手倡導世界和平……」

「那是預錄的。」冰川直接打斷白陽，繼續推論道：「所以，蒼神已經有一個多月沒和外界接觸了，手機也變成了空號。現在，沒人知道他的狀況。」

白陽張開嘴又閉上，不禁回想起了這幾個月來媒體一直在講的：這是蒼神鐵路有史以來最大的危機。

自從蒼言失蹤之後，蒼神鐵路的股價就一直下跌，跌到現在連一半都不到了。而且這不僅僅是蒼神鐵路的危機，更是整個國家的危機。

最新一期的統計顯示，因為蒼言失蹤所引發的效應，已經讓全民的薪資倒退到了二十年前的水平，失業率也創有史以來的新高，一半以上倚靠蒼神鐵路生存的企業都已經倒閉了。

因此，蒼言的失蹤可說是全民危機，找回蒼言更是全民任務。

「蒼神現在究竟發生了什麼事，我們必須弄清楚才行。或許他也被太陽院挾持了。」冰川說。

「不可能吧，聽說蒼神的保鏢團人數超過一千人，怎麼可能被綁架？」

「那原因就更值得細究了。」冰川的眼眸閃爍了一下。

白陽不禁有股不好的預感，每次只要冰川露出這種表情，他就會被拉去做一些瘋狂的事。

但，馬上就有一件瘋狂的事。

「我去上個廁所。」白陽拋下了這句話，便起身前往廁所。

在他拉下拉鍊，舒舒服服的上小號時，突然感覺有道凶狠的目光投射過來。他轉頭一看，浴缸裡有一隻被鎖鏈綁著的泰迪熊——更正，是巨斧泰迪熊——牠斜著眼，惡狠狠地瞪著白陽，好像他欠牠好幾百萬似的。

「冰、冰川妳這混蛋！」白陽嚇得差點把尿噴得到處都是，他抖了抖，也顧不得還沒洗手衝出廁所。

「冰川，妳給我過來！我要宰了妳！」

「怎麼啦？」

「妳這個混蛋！竟然真的在家裡養熊！還養在浴缸裡！我要報警！」

「嘿，沒關係吧，你要泡澡的時候我再拿出來就好了啊。」

「根本不是泡澡的問題！」

「不然是按摩券的問題嗎？我再送你五張好了。」

「妳腦殘喔？普通的小狗就算了，那是巨斧泰迪熊！巨、斧、泰、迪、熊！我要報警！我一定要報警！」

冰川真的將那隻巨斧泰迪熊帶回來家裡，而且還將牠養在浴缸。

第一晚她試著要餵牠喝牛奶，但奶瓶卻被牠撕爛了。

「熊熊？」蒼言好奇的往浴室打量，任由冰川和白陽在她身後追逐。

泰迪熊被鎖鏈綁住，只能齜牙咧嘴地朝蒼言揮舞四肢。

「哇——一百億元妳不能過去啊！妳要是出了什麼差錯我會被剁掉啊！」白陽見狀趕緊衝過去。

「熊熊欸，為什麼要把牠綁起來？好可憐喔。」蒼言天真的問。

「妳沒看到牠在瞪妳嗎？還問為什麼！」

「我覺得牠好可愛。」

白陽砰的一聲關上廁所門，並拿起膠帶在門口貼一個大叉叉。

他警告地看著蒼言說：「妳以後絕對絕對絕對不能接近這裡，要上廁所的話跟我講，我會帶妳去上。」

「那熊熊呢？」

「別再提到熊了！要簡稱也應該叫牠巨斧！而不是泰迪熊！」白陽怒吼，然後哼了一聲說：「我下午就會叫垃圾車來把牠收走，應該算可燃垃圾吧？」

「你打算對我的熊做什麼？」冰川提出抗議。

「丟掉。」

「為什麼！這個家不是只有你一人的吧！我養熊有什麼不行！」

「要養就養在妳房間！」白陽快受不了了，但生氣到了極點後，他搧了搧風，露出懶散的表情說：「算了，反正不准養熊，就是這樣，我累了。」

冰川看了一眼廁所門，發現白陽在門上的膠帶留下了高壓靜電——白陽絕招，碰觸者死。她生氣的追上去說：「你把膠帶撕掉！你這樣我不能餵牠吃東西！」

「我不是說了嗎？下午就要把牠丟掉！」

語畢，白陽進到自己的房間，躺到了床上。忙了一整個上午，又被熊嚇到，他覺得他需要睡個午覺。

「快點撕掉！膠帶！」

「不准養熊。」

白陽戴上了眼罩，就這樣睡著了。

等到午覺睡醒，白陽滿足的伸了個懶腰，然後才發現冰川竟然還窩在他的床邊。

白陽的房間也是一片白，且不僅僅是白，似乎也都跟靜電有關。不管是那厚材質的雪白色窗簾、毛茸茸的白色燈罩，還是掛滿衣架的懶人專用的蓬鬆泡泡襪，恐怕只要他一發電，整個房間都會跟著爆炸。

冰川趴在他的床緣，一副若有所思的樣子。

「冰、冰川，妳一直在這裡……？」

「嗯。」冰川回應了一聲。

「妳在這裡幹嘛？妳整個下午都在這裡？為了那隻熊？」

「熊？喔對，快把我的熊放出來。」冰川趴在白陽身旁、用閒散平淡的口吻說著，像是她心裡想著的已不再是泰迪熊，而是別的事。

「妳在想什麼？」

「沒有，只是……」她抬起頭凝視著他，「羊，你覺得我是個怎樣的人呢？」

「怎樣的人？」白陽愣了下，「不就是個樂觀過度的笨蛋嗎？」

「我是問認真的！你覺得我是好人，還是壞人？」冰川湊近床邊。

白陽皺起了眉，實在有點摸不著頭緒，「妳到底想幹嘛啊？」

「你先回答我的問題。」

「好人……和壞人嘛，妳是好人啊！」

「是嗎……」她的眼眸變得黯淡。

「妳到底怎麼了？太奇怪了吧，冰川？」

「沒事。」冰川勾了一下嘴角，露出一貫的微笑，「聽你這麼說，我開心多了。」

「所以到底是什麼事啊！」

「沒事啊。」她說，然後握拳站起，又變回活力滿滿的樣子，「太好了太好了，晚餐要吃什麼呢？」

白陽噘起嘴，覺得冰川真的是個很怪的人。

「對了，一百億元呢？妳一直把她丟在外面嗎？」白陽下了床問道。

「她睡著了。」

「睡著？」

「嗯，你自己看吧。」

客廳裡，圓桌上的東西都還沒有收拾；牆邊魚缸裡，冰川養的大金魚正在對蒼言吐泡泡——蒼言睡在沙發上，小小的身軀縮成一團，好像襁褓中的嬰兒一樣，似乎還吸著拇指，有種說不出的可愛。

「妳就讓她睡在這裡嗎？」白陽問。

「嗯，我看她已經睡熟了，就幫她蓋上被子，而且……」冰川看了一眼時鐘，「就讓她先這樣睡著吧，剛才主任打電話來，通知我們今天要做體測值檢測。」

「今天嗎？」白陽訝異了一下。

「對，我們也不能帶她出門，只能把她放在家裡，所以她睡著了比較好吧？」

「也對。」白陽回應，並打量了一下自己的身體，「也不知我的體質有沒有升級，真希望能變強一點。」

「不如我們現在就出發吧，看能不能在晚餐前回來。」冰川說著，順手帶上了落地窗的窗簾，使得整個客廳暗了下來。她想了想，又道：「我看我留張紙條給她好了，免得醒來之後找不到人。」

「她這麼小看得懂字嗎？」

「那我畫圖！」

「……妳真的是鬼點子很多。」

為了安全起見，白陽跑向走廊，將他房間、冰川房間以及倉庫間的門全部關上，就怕蒼言醒來後亂跑。

▶◎◀◎▶◎◀

體質檢測，是測量T島人民身體強弱的一種檢驗，所測出來結果稱為體測值。體測值和環境係數一樣，由高到低依序為SSS、SS、S、A、B……一直到G。

一般而言，普通人的體測值都是D，生活在白天的T島上會略感不適，飯吃不飽、衣穿不暖、買不起房整天抱怨連連，但不至於生病；然而，一到晚上T島力量發威，體測值B以下的人就無法出門，只要出門就會躺進醫院。

冰川的體測值是S，白陽的則是A。撇除SSS級的那種超人不提的話，基本上只要有A就是能力者，一定具有某種特殊能力。

「我一直以來都是A，真希望能升級成S。」路上，白陽說道。

「你要是一直懶散不動，一輩子都不會進化的。」

「少囉嗦，體測值跟那個哪有關係啊！」

「我覺得有。」冰川微笑說。

白陽無法反駁冰川，因為冰川的體測值的確比他高一級，而這一直讓他無法釋懷。他不相信自己會輸給冰川，雖然他們從未對打過。

這個城市，環控聯盟在這裡只有一個分部，是白陽和冰川要前往進行檢驗的場所。

很快的一棟高大的建築物出現在眼前，透明的反光玻璃不知向上延伸了多少層樓。

每次白陽來這裡就會有一種得意的感覺，他想像自己是聯盟的高級幹部，風風光光的踏進大門。每次來他都覺得很驕傲。

「請進。」

出示證件、告知對方身分後，白陽和冰川直往電梯走去，並熟練地按下樓層的按鈕。電梯是透明的，可以看到整個城市的景色。冰川靠在玻璃上，深受吸引的打量著外頭，然後突然指著一個方向示意白陽去看。

銀色的列車閃爍著落日的餘暉，像一條小龍蜿蜒而過——是蒼神的火車。

「整個城市，都被蒼神鐵路切過呢。」冰川將臉貼在玻璃上。

「對，晚上的話亮起來更漂亮。」白陽說。

蒼神的鐵路貫穿了整個T島，象徵著他至高無上的地位及數不清的財富；列車的每一次閃爍，或許就代表著一億元的進帳，榨乾的是T島人民的血汗，壓抑的則是那永遠漲不起來的薪水。

「六點一到，商家的燈火熄滅，就只剩下蒼神的企業大樓和鐵路亮著了。」白陽嘖了一聲，「他根本是T島夜晚的王！為什麼唯獨他的鐵路不會被魔物攻擊啊？他到底用了什麼手段？」

「聽說是加裝了什麼魔物自動迴避系統，什麼MRT系統的。」

「MRT不是捷運嗎？」

「咦，是嗎？」冰川搔了頭。

「笨蛋！」

又盯了一下外頭的景色後，冰川說：「不過，比起蒼神，我覺得還是正宗上人比較厲害耶！」

「哪有啊！」

「有啊，正宗上人在我們這些普羅大眾眼中簡直是神！」

冰川的道理很簡單，在T島變成鬼島之後，人們生活的苦悶都往寺廟裡發洩，太陽院就是他們的救世主，尤其太陽院的院長更是影響力非凡。

「太陽院擁有民心不是假的，蒼神根本完全比不上。」冰川正經八百的說：「就像中古時期的羅馬教皇一樣，正宗上人身為太陽院之首，隨便一句話就能號召百萬人上街頭，要對抗蒼神還不簡單？」

「照妳這樣說，我覺得我們環控聯盟才是最強的咧！我們只要全部罷工一天，沒人監控環境係數，全島的人都不用活了。」

「也是啦。」

電梯門終於打開，白陽和冰川又討論了幾句便走了出去。

這裡整層樓都是用來測量體測值的樓層，走廊的兩旁有一間又一間的房間，每一間都是獨立的測量室。

但與其說是測量室，不如說是研究室比較恰當。每間測量室都會配置一名測量員，平時沒人來測體測值時，測量室就提供給他們做研究用。因此每間測量室的風格都不同，端看房間的主人如何運用。

與白陽和冰川合作的這個測量員，綽號叫「老爹」。

「嗨，老爹。」冰川敲了敲門問候道，得到了裡頭的回應後便進入房間。

雖然叫老爹，但眼前的這個人卻是個有著如銀雪般美麗秀髮的……美男子！

第一次進來這間測量室的人一定會嚇到，不只裡頭有個留著長髮的男子，牆上一格一格的展示櫃裡，竟都擺著樣式古怪的頭顱。

「哦，是小羊和冰川啊。」一名為老爹的男子勾下眼鏡盯著他們瞧，然後淺笑。

他其實是不戴眼鏡的，只有在做研究時會戴。此刻他從椅子上起身，優雅的伸出手，請他們先坐下。

他穿著研究員的白袍，銀色的長髮披肩，臉上帶著意味深長的笑容。

「老爹，我們今天來做測試。」冰川說。

「我知道，你們先坐一下吧，要不要喝咖啡？」老爹用若有似無的輕聲語氣問道，一面淺笑地打量著他們。

「不了，我們想直接做測試。」白陽懶懶的揮揮手說道。

白陽和冰川一直都和這個老爹不是很投機，總是說不上什麼話。他們覺得這個老爹有點怪，並不是歧視他留長頭髮，但他們就是覺得他怪怪的。

另外，傳聞老爹曾是蒼神旗下一流的科技人才，現在也有很多人想挖角他；但不知為何他都拒絕，就寧願窩在這個小小的地方當測量員。

老爹離開測量室去拿測量體測值的儀器，冰川就站了起來，走到旁邊打量著收藏櫃裡的骷髏頭，她用手指敲著玻璃，好奇的眨著眼。

「他到底為什麼會有這麼多骷髏頭啊？」她問。

「不知道。」白陽回答。

「而且每次來骷髏頭都不一樣耶，我記得上次這個上面有金色的小點點。」

「喂，妳可別又動歪腦筋啊！」白陽說：「妳休想偷摸一顆回家！被老爹發現妳就慘了，他那個人深不可測，搞不好會把妳大卸八塊。」說完，想想不對，他往冰川走去，抓起她的手就將拉她回來，不讓她再靠近櫥櫃。

天花板上盤旋著許多用頭顱做成的天文球，四面牆壁則都是非常白的白色，讓房間看起來明亮無比。

擺滿了頭顱的收藏櫃，這就是老爹測量室的特色。

被白陽帶著，冰川倒是很甘願的就坐回椅子上。但她隨後湊近白陽耳邊道：「說到深不可測，我告訴你一個秘密喔。」

「秘密就秘密，不要貼這麼近！」

「你到底要不要聽秘密？」

「是什麼秘密啦！」

「我上次聽別人說，老爹的體測值聽說是ＳＳＳ級的耶！」

「ＳＳＳ級？！」白陽瞪大了眼：「怎麼可能啊！」

「真的，沒騙你。」

「ＳＳＳ級都可以去當蒼神保鏢了，我才不信咧！」

就在此時，開門的聲音傳來，老爹進了測量室。

「你們兩個，在說什麼這麼高興？」

「沒事。」白陽和冰川立刻心照不宣的回答。

「那就小羊先過來吧。」

老爹手中拿著一個像腕套的儀器，上頭有許多指針及線路，另一端連接著電腦。

白陽熟練的戴上腕套，從腰際抽出墊板便打算開始摩擦生電。不料冰川卻一把搶過他手中的墊板，喊了句：「我來！」便興致勃勃的開始摩擦他的頭髮，幫他發電。

「我有沒有說過妳這樣很沒禮貌？」白陽白了她一眼。

「有，但我覺得比起要自己動手發電，你會比較喜歡被沒禮貌。」

「哼。」

隨著墊板的摩擦，白陽開始發光，腕套上的指針也開始跑。冰川邊拿著墊板摩擦邊哼歌，好似心情愉快做家事的家庭主婦，白陽則撐著下巴一副快睡著的樣子。

老爹撥了一下不亞於冰川長度的頭髮，淺笑著說：「嘖嘖，小羊的皮膚好像又變白了，太白了啊，真的是白羊一隻呢～」

「那是因為他太懶了，只有晚上出任務才要出門。」冰川回答，然後啪的一聲丟掉墊板，燙手似的後退幾步。

白陽已經轉變為電羊型態，身上的毛衣蓬起，頭髮也蓬起，啪茲啪茲的竄出一絲一絲的電流。房間內的電燈跟著一閃一爍，燒焦的味道傳來，冰川和老爹都和白陽保持了一定的距離，沒人想被他電到。

「哼哼，妳也會有怕我的時候啊？」白陽得意的看著冰川。

老爹沒有讓白陽繼續挑釁下去，他拿了一條大黑布，像潑冷水那樣直接往白陽頭上蓋去。

特製的絕緣黑布立刻就吸收了白陽身上的靜電，解除他的電羊狀態，讓他變得狼狽，連塌下來的頭髮都顯得有點糗。他只能摸摸鼻子站起，脫下測量的腕套讓出位置。

「換妳了，冰川，來吧。」老爹說。

冰川的測試也大同小異，她從手中變出了雪花，並試圖使整個測量室結凍。白陽裹著大黑布當被子，垂著嘴角看著冰川和老爹的互動，竟然開始糾結起兩個人到底誰長得比較漂亮的問題。

老爹注意到了他的目光，對他投以一記詭異的迷濛視線。白陽立刻別開頭。

冰川用手指敲了敲展示櫃的玻璃，問：「老爹，可以問你嗎？這是真的頭顱嗎？」

「如果我說是真的呢？」

「好酷喔！」

白陽忍不住咕噥：「一般人的反應才不是這樣吧……」

檢驗的結果很快就出來了，在白陽嚴厲的警告冰川不准向老爹要骷髏頭時，剛才離開測量室去取測驗報告的老爹拿著長長的一張紙從外頭走進來。

「冰川是S，小羊是A呢。」他也不賣什麼關子，直接就宣讀結果。

「啊，怎麼這樣……」白陽不禁十分失望，「我已經有好久都沒成長了欸。」

「小羊還想長大嗎？」老爹輕笑著，「那可能得非常努力喔。」

「為什麼？升級有那麼難嗎？」

「一般而言，體測值是一生下來就定好的呢。只有非常少數的人能夠進化，要在此生進化一個等級以上，更是少數中的少數。」老爹仔細解釋：「但體測值退化卻是常有的事，所以聯盟才要安排你們做定期檢測，就是要追蹤你們有沒有退化，若是退化就要予以淘汰。」

「啊，好無情。」冰川說，目光卻還在骷髏頭上游移。

老爹搖搖頭，「這不是無情，是為了保護你們。若是身體素質太差，光是鬼島氣場就能幹掉你們。」

「所以老爹，你天生就是ＳＳＳ級嗎？」

白陽有點嚇到，他沒想到冰川會這麼直接就問老爹這個問題，但他卻也很好奇。

「沒想到你們會這麼直接的問啊。」老爹露出了深意的笑容，撥了撥長髮就坐到旋轉倚上。

「老爹，你真的是ＳＳＳ級的嗎？」白陽跟著問。

「如果我說是的話呢？」他眨了一下那睫毛過長的眼眸，「現在的你們，要跟我談這個問題還太早了。」

「什麼意思？」白陽和冰川對看一眼。

「你們兩個都還只是小朋友，要跟我探討人體的奧秘……哼哼，真令人沉醉啊！」

他笑著搖了搖頭，「現在還不到時機，等你們再長大一些，我用一根手指就能讓你們進化成ＳＳＳ級。」

「啊？真的嗎？」

冰川一臉高興，但白陽卻敏銳的察覺到這個話題怪怪的，趕緊拍拍冰川的背要她別再說下去。

「有空再過來吧，我這裡隨時歡迎你們。」白陽和冰川走出門口，老爹微笑地送他們離去，「很期待下一次幫你們測體測值。小羊，要趕緊長大過來給我看看喔～」

「他真的很怪。」並肩走在走廊上時，白陽說道。

「會嗎？」

「會！真的很怪！」白陽嘟起嘴。

就在此時，冰川突然停住腳步，回過頭看向後方。

「怎麼了？」

「那個人……耳朵有太陽的記號。」

一個剛才與他們擦身而過的人，他穿著連身帽衣，讓人看不清長相，但剛才經過時冰川還是敏銳的看到他的耳際有太陽的記號，是太陽院的人。

他就這麼朝走廊末端走去，最後進入了編號 13 的房間。

「他去老爹的房間耶！」冰川訝異的說：「為什麼太陽院的人會來這裡？還去老爹的測量室？」

「不知道。」白陽搖了搖頭，「走吧。」

「咦，就這麼算了嗎？」

「對，走吧，多一事不如少一事。太陽院來也沒什麼奇怪的吧？」白陽懶散的揮揮手，「我們晚上還要打水母呢。」

冰川躊躇了一下，最後還是朝白陽的背影追上去。

03 弟控御姐駕到！

當白陽和冰川回到家中時，意外的發現睡在沙發上的蒼言不見了，只剩下被子掉在地上。另外，廁所的門大開著，附有高壓靜電的膠帶已經被撕掉，浴缸裡的泰迪熊不見蹤影。

「完蛋了啊啊啊——」白陽失控地抱著頭跪下，「泰迪熊一定是砍了一百億元然後跑了啊！一百億元死了，我們會被蒼神剁成八百塊啊！」

「羊，冷靜一點，言言一定只是跑出去了，要是被砍就會有血……」

「妳還敢說！都是妳的錯！」白陽指著冰川的鼻子罵道：「誰叫妳養熊的！誰叫妳養熊的！還我一百億元！還我一百億元！」

噠噠噠的腳步聲傳來，蒼言抱著泰迪熊從房間裡走出來，「白羊哥哥？」

白陽和冰川頓時愣住，當看到她懷裡抱著那隻泰迪熊時，白陽的雙眼更是爆突出來驚吼道：「快放下牠！放下那個女孩……啊不，是放下那隻熊啊女孩！」

泰迪熊原本睜著圓滾滾的雙眼，假裝自己是可愛的熊玩偶，此時聽到白陽的聲音卻立刻恢復凶神惡煞的模樣，惡狠狠的瞪著他。

「慢、慢著，有話好說……」白陽嚇得後退。

「哇哦～～～我的熊變得好乖喔，怎麼會這樣？」冰川一臉驚奇的走過去，卻差點被咬，「言言妳也太厲害了吧，竟然有辦法馴服我的熊！」

「我聽到牠在掙扎，覺得牠好可憐，就幫牠解開鎖鏈。」這麼說的同時，蒼言開心的用臉磨蹭了泰迪熊，「好可愛喔。」

泰迪熊竟然又因此變回無害熊玩偶的樣子！

「這玩意兒太邪門太恐怖了……」白陽驚恐的倒退幾步，「妳們別被牠騙了啊！牠可是巨斧泰迪熊，會拿斧頭追人的啊！」

「但牠現在沒有斧頭，牠很乖。」冰川溫柔的笑著，目光因為感動而閃爍。她想摸摸她的熊，卻得冒著手被咬爛的風險。

「牠很壞！牠一點都不乖！快點把牠拿去丟掉！」白陽快抓狂了。

「牠明明很乖。」蒼言求情的說道。

「一、一百億元，妳要是想活命的話，拜託妳聽話啊！」白陽都快變哭音了。

「白羊哥哥……」

「好了啦，羊，說真的牠一點都不可怕。」冰川微笑，靠在蒼言身旁和泰迪熊三人顯得很溫馨，「一旦沒了斧頭，牠就只是一隻泰迪熊，你真的不用擔心啦！」

「妳有種就真的去摸牠的頭看會怎樣啊！混蛋！」

結果到了最後，白陽仍舊無法讓她們扔掉泰迪熊。他只能按著漲痛的太陽穴回到房間，躺在床上說服自己睡起來就沒事了，這間房子裡沒熊……這間房子裡沒熊……這間房子裡沒熊……

「懶羊，你還要睡啊？」冰川跑進來。

「混蛋！妳連我僅剩的避風港都要毀掉嗎！」

「不是啊，吃完晚飯等一下要出任務了耶！」

「我……不行了……我沒辦法……」白陽轉過身去，抱著枕頭便昏昏的睡去。

「白羊哥哥睡了嗎？」蒼言抱著泰迪熊走進來。

「對，我們不要吵他好了。」冰川帶著蒼言出去，並順手把門關上，「言言妳晚餐想吃什麼？現在太晚沒辦法叫外送了。」

「有什麼可以吃？」蒼言跟在冰川身後，看著她翻冰箱。

最後，她們的晚餐就是中午的剩菜，以及冰川隨便弄出來的沙拉。

冰川其實滿有做菜的天分，平時在家裡，懶得要命的白陽當然不會下廚，都是由冰川負責兩人的伙食。

「對了，言言，妳知道我叫什麼名字嗎？」一面吃著晚餐，冰川問道。

「叫……冰川嗎？」蒼言記起白陽一直大呼小叫的喊著這個名字，「冰川姐姐？」

「對，我叫冰川。」冰川側著頭露出一個溫柔無比的表情。

蒼言還抱著那隻泰迪熊，冰川雖然喜歡她的熊，但被牠齜牙咧嘴地瞪著吃飯，卻也有點不自在。於是，她在試著餵泰迪熊吃沙拉卻差點被折斷手後，便要蒼言先把泰迪熊抱進房間裡。

不知為什麼，泰迪熊唯獨對蒼言不會表現出攻擊性。她撕掉廁所的膠帶，走進裡頭後，看到在浴缸裡的就是一隻溫馴的小熊。

而蒼言因為對電有耐受性，所以能輕鬆撕掉白陽貼上去的帶電膠帶。

「冰川姐姐，這個要怎麼吃？」蒼言用叉子戳著盤子裡的東西問道。

「妳沒吃過蝦子嗎？有錢人家不是都常常吃蝦子？」

「蝦子？」蒼言張著大眼，「這是蝦子啊？」

「對啊。」

「蝦子怎麼會有硬硬的東西，看起來好噁心。」

「那是殼啊！」說到這裡，冰川突然理解了什麼似的，將袖子捲起，替蒼言剝了蝦子，「我知道了，妳一定都是吃人家剝好的蝦子，所以才沒看過有殼的蝦子。」

蒼言戳起剝好的蝦子，咬一口後說：「爸爸每次吃飯時都會幫我夾菜，疊得很高都吃不完。」

「呵呵，原來蒼神這麼寵女兒啊？」

「嗯，人家……好想爸爸。」

兩人都安靜了下來。

蒼言夾著碗裡的菜，倔強地往嘴裡送，即使已經落下了淚珠，也不吭一聲地繼續將食物往嘴裡送。

冰川放下筷子，走到蒼言身旁撫了撫她的頭，不說什麼就摟住她，眼裡所泛起的是無限的溫柔，以及一股同病相憐的黯淡。

「別哭了，至少妳還有個爸爸可以想念，而且妳也快要可以回去了。」她摸了摸蒼言的頭。

「什麼意思？冰川姐姐沒有爸爸嗎？」蒼言轉過頭來，含淚問道。

冰川不禁訝異蒼言的聰明，但她只是微笑了一下，搖了搖頭，又剁了一些蝦子放到她碗裡。

▶◎◀◎▶◎◀

太陽院的人還在，而且遍布整個城市，蒼言短時間內還不能離開。於是之後的幾天，蒼言一直和白陽、冰川住在一起，少年少女就開始擔任起照料她的保母生活。

蒼言說獨立很獨立，說不獨立卻又很不獨立。她雖然年紀小，卻很有自己的想法，也不會事事依賴著人；但或許是因為她是有錢人家的千金，對很多普通人視之為理所當然的事，往往會做出無厘頭的舉動，生活能力幾乎等同於嬰兒。

例如，她第一次知道原來電視有遙控器，以往她都以為只要出聲它就會轉臺。

「一百億元，妳為什麼上完廁所蓋子不掀起來，害我尿得到處都是！」白陽從廁所衝出來說。

「咦，不是自己會掀起來嗎？」

白陽差點跌倒，「靠，妳家連馬桶都全自動的喔！」

冰川正好從廚房出來，不屑道：「問題是，明明是男生要掀的，你怎麼怪到言言頭上？我看你是覺得不會尿到才懶得掀，你這髒鬼！」

白陽吐了吐舌頭，轉身去處理他的傑作。

另外，除了保護蒼言之外，要說他們這幾天還做了什麼事，大概就是——持續飼養巨斧泰迪熊，並試著馴化牠。

在將牠四肢綁住的狀況下，冰川終於強餵牠喝了牛奶，結果被牠吐得滿身都是；蒼言整天抱著牠走來走去，哄牠、唱歌給牠聽；冰川還買了嬰兒椅要給牠坐，只可惜牠腿太短，踏不到地面……

對此，白陽已經心死了，他只祈求半夜牠不會突然衝進他房間砍他，其他的他已經管不了了。

「呵，我覺得我們家的熊越來越乖了耶，你們有沒有感覺到？」客廳裡，冰川摸了摸蒼言懷裡的熊說道，她現在已經能很熟練的躲過牠的利齒。

「我覺得我越來越神經崩潰了。」白陽晃了晃頭，疲憊的按下電視的遙控器。突然他想到了什麼，問道：「對了，冰川，這本《學人語之鳥的飼養法》是妳買的嗎？」

「對啊。」

「妳瘋了！妳這個白痴！竟然還想讓泰迪熊說人話！而且牠是熊！牠不是鳥！」

「我就找不到《學人語之熊的飼養法》那種書啊。」

「因為沒有會說人話的熊！妳這個白痴！」

被罵了幾次白痴，樂觀的冰川也不生氣，她靠在蒼言身旁，動起手指咕嘰咕嘰的逗著泰迪熊玩。她和蒼言靠在一起的樣子像極了姐妹。

白陽吐了口氣，懶散的閉上眼，「我快神經衰弱了，我累了，要休息一下。」

「你又要睡了嗎？你好像無尾熊，整天都在睡。」冰川噗哧的笑出來。

「咦……白羊哥哥又要睡了？」蒼言抬頭看向白陽，然後抱著泰迪熊就爬上他的椅子說：「不要睡了啦，再睡我叫熊熊咬你喔！」

「喂，不要抓那隻熊在我眼前晃啊！」

「那你就快起來！起來！」蒼言抓著白陽的手。

「妳到底要幹嘛啊？」

「你起來陪我啊，我很無聊。」

「很無聊叫冰川陪妳啊！」

蒼言看了一眼冰川，然後回過頭鼓起臉耍賴道：「不一樣啦，我要白羊哥哥！快點，快點起來！」

「……不然我們一起睡好了，這樣一舉兩得。」白陽放軟身體，像死人一樣任由蒼言抓著左搖右晃，「妳至少先讓我睡個一小時，下午會有一個更麻煩的人來，我得先養足體力。」

「誰？」冰川和蒼言都露出好奇的表情。

「我姐。」白陽的眼神閃爍一下，「事到如今，一百億元的事也該做個打算了。」

白陽有一個姐姐，而且還是蒼神鐵路的高層。她是個工作狂，平時不是工作就是旅遊，一年四季都東奔西跑，因此白陽沒有一刻知道她在哪裡。

白陽之所以會 call 她過來，是因為蒼言的事情也該做個打算了。他姐既然是蒼神集團的高層，就一定會有辦法把蒼言平安帶回去，說不定今晚蒼言就走了。

然後一百億元就進帳了。

白陽咯咯咯的竊笑了一下，仰著頭就睡了過去。

「叮咚！」

白陽感覺才睡不到多久，門鈴的聲響就傳來了。

「哈囉哈囉，我來了。」

白陽一睜開眼，就看到一個女人大包小包的走進來。她雖然畫了點妝，但卻是個天生麗質的超級美人，而且全身充滿了知性成熟的韻味，是男人們追求的對象。

關於姐姐——白玲，白陽除了覺得她很吵之外，剩下的就是欽佩了。她是女強人中的女強人，不僅能在首都那寸土寸金的城市生存，還能買到房子；再加上她懂得享受生活，工作之餘逛街旅遊樣樣來，是人們心目中那種完美的小資女孩。

白陽從小和她相依為命，說是她帶大的也不過分。他們姐弟的感情很好，只可惜白陽還是覺得她很吵。

「哎呀呀，好久好久沒看到我可愛的弟弟了，弟弟啊，我來了！」

白玲一看到白陽便將手中的東西隨地一丟，朝他衝去，嚇到了蒼言也讓泰迪熊怒吼一聲。

「好可愛啊，姐姐好久沒看到你了，哇他們把你養得白白胖胖的！」她情不自禁的就抱住白陽，把他當大型玩偶一樣又親又揉。

「走、走開啦妳！」

「你都不知道姐姐有多想你~你看！我還帶了好多東西要來給你！」

「親到我嘴巴了啦，妳這個混蛋！快給我滾開！」

「你還沒改掉那口頭禪啊？這麼可愛的弟弟怎麼可以罵人混蛋呢？」

「走開！滾啦！」

「呵呵，冰川也好可愛，一段時間沒見也越變越可愛了！」白玲轉頭一看到冰川，打著招呼。

「白玲姐還是老樣子呢……」冰川輕輕嘆道。

白陽的姐姐白玲是個對可愛對象有點狂熱的人，而這頭懶羊在白玲眼中，無疑被歸類在「可愛」的範疇裡。

但好像所有比她小的人都只有可愛兩個字可以形容一樣。

蒼言在一旁看了簡直傻眼。且在白陽的臉被捏腫後，她不開心的嘟起嘴。

「這個小女孩是誰啊？」白玲終於發現了有個陌生人坐在沙發的另一側。隨後她驚呼一聲：「哈，該不會是弟弟你在外面偷生的吧？看不出來喔！」

「妳白痴啊！」

「吼吼，這麼說是承認了。」

「妳才承認妳是白痴吧！」氣憤之下，白陽抹了抹被親腫的臉頰，直截了當地指著蒼言說：「姐，這孩子是蒼言！」

「蒼言啊，竟然連名字都取好了，所以是要抱回來養的意思囉？」

「姐，她是蒼神的女兒，懸賞一百億元的那個蒼言啦！」白陽簡直快崩潰。

現場頓時安靜了下來。

白玲先是收起笑容，撥了撥頭髮，然後端坐著，正色看向蒼言，將她看個仔細。

「這……這孩子是蒼言？！」她露出好像被揍了一拳的表情。

「對，就是蒼神的女兒，我們有一晚在市中心把她救出來……」

「等等——先別跟我說話！」白玲深吸了一口氣，「這孩子是蒼言？！」她幾乎尖叫了起來。

蒼言縮了一下，然後害怕的抱住白陽，靠在他的腰際，只露半張臉出來看著白玲。

白玲變回平時在職場上的模樣，她的嘴角垂下，瞳孔縮為嚴肅冷漠的大小，同時行為舉止也不再像剛才那麼不雅，簡直判若兩人。

公私分明的她，現在轉回工作模式。

「為什麼蒼神的女兒會在這裡？你說你們救了她，發生了什麼事？」她將頭髮撥到耳後，正經的問道。

白陽娓娓道來，將一切的事，不管是白海豚還是戰鬥僧侶，全都告訴了白玲。

「你說太陽院在追殺蒼言？不可能。」白玲搖頭。

「真的！」

「不可能。」白玲再次篤定的搖頭。

「就說是真的了吼！我們看得一清二楚！」白陽說。

「那一定是你們看錯，不可能。」白玲固執的說：「你們到底知不知道與蒼神為敵代表的是什麼？不可能有人敢動蒼神的女兒。」

「一開始我們也有這樣想啊，但如果是太陽院……」

「太陽院又如何？你們根本不了解『蒼神』這個字眼究竟代表了什麼。」白玲抿起了嘴，「與蒼神為敵就是與整個T島為敵，就算是太陽院，只要蒼神想，一夜就能讓他們徹底從島上消失。」

「……」白陽頓時無言以對。

白玲看向蒼言：「妳確定綁走妳的人都是和尚，耳邊都有太陽的印記嗎？」

「對。」蒼言點頭。

「那一定是有人要故意陷害太陽院。」白玲立刻說：「若太陽院真的要殺蒼言，不會傻到用自己的人。一定是有人要挑撥蒼神和太陽院之間的關係。」

白陽和冰川頓時愣住，他們從未想過有這種狀況。

白陽不得不再次佩服姐姐的聰明及深思熟慮，從小到大不管他遇到多棘手的事，只要哭著找姐姐幫忙，最後就一定能得到妥善的處理。

「所以弟，你找我來，就是為了這個小傢伙嗎？」白玲問。

「對，妳能幫我把她帶回去給蒼神嗎？」白陽點點頭。

「沒辦法。」白玲直接回答。

「什麼沒辦法？為什麼沒辦法？」

「你以為蒼神是想見就能夠見的嗎？」

「但妳帶著他女兒啊！」

「那又如何？帶著她我就能直接衝去他家嗎？」白玲搖搖頭說：「能見蒼神的管道就那麼少，假消息又那麼多，現在不管做什麼，讓蒼言曝光都是危險的。尤其你們說有人在追殺她。」

「那到底該怎麼辦？我們已經沒辦法了啊！」

「我知道。」白玲站了起來，「所以我現在就立刻回去處理這件事，大概需要十天的時間，十天後我會給你們消息。」

「為什麼要那麼久？」白陽露出吃驚的表情。

「欸，拜託，我要見的可是蒼神欸！這件事非得親自跟他說，而要見他不知道要闖幾關！還得冒著被當成騙子給『處理』掉的風險，十天已經很快了！」

「但妳不是所謂的高層嗎？」

「高層是高層，但高層還是外人啊！見過蒼神的人可沒幾個……唉，不說了，這可是大事情，我得趕快回去幫你們處理。」白玲說著，但突然又回頭，若有所思的說：「這段期間，弟你們最好也想想其他方法，想想該怎麼把蒼言送回去，畢竟蒼神那方面我無法保證。」

「妳要我們想什麼辦法啊！外面有太陽院的人在追殺她欸！」

「這就要看你們囉！你可別想都將事情賴給我，你這個懶鬼！」臨走前，白玲又故態復萌地捏住白陽的臉，「哎呀呀，真的好可愛喔，好可愛的弟弟，好期待能跟再跟你一起洗澡～」

「不會有那種事了！快滾！」

「冰川也好可愛，好想抱回家，見到你們我整個都被治癒了……我拿來的那些東西記得吃啊，專門為你們買的。」

「快滾！」白陽揉著臉，砰的一聲便關上門，終於送走了白玲。

「白羊哥哥的姐姐……好恐怖。」蒼言一臉畏懼的說。

「很恐怖對吧？我可是從小被她蹂躪到大！」

「會嗎？我覺得白玲姐超酷的耶！」冰川笑道。

「那送給妳好了，要酷讓妳酷個夠。」

「總之，言言快要可以回去了，對不對？」冰川彎下腰，摸了摸蒼言的頭，「太好了，妳可以見到爸爸了！」

蒼言點了點頭，卻抓著白陽的衣服不放。就在此時，她的口袋裡有個東西掉了出來，是那顆紅色像彈珠的美麗石頭。

她懷裡的泰迪熊突然開始張牙舞爪，並在咆哮一聲後咬了她一口。

「哇！」蒼言趕緊丟掉泰迪熊，摀著受傷的肩膀就哭了出來。

泰迪熊凶狠地吼了幾聲，拿起桌上的遙控器就當巨斧衝了過來。

「我就說這傢伙不是什麼好東西妳們就不信！」白陽的反應很快，拿起門後的球拍便往泰迪熊打去。

「啊——不要打我的熊！」冰川立刻護住泰迪熊，卻被牠用遙控器砸到頭。

「妳這個白痴！牠都要砍妳了妳還這樣！快讓開！」

「不要打我的熊！牠是無辜的！」

蒼言雖然害怕，但其實也沒受什麼傷，肩上只有一排紅紅的熊齒痕。她躲在白陽身後打量著泰迪熊，最終將目光落到地上的那顆石頭上。

「你們……你們別吵了。」她說：「冰川姐姐，妳撿起那顆石頭看看。」

「什麼？」

「妳撿起那顆石頭……」蒼言說著，然後自己撿起了石頭，放到冰川的口袋裡。

說也奇怪，不知那顆石頭有什麼神奇的效果，原本一直猛扁冰川的泰迪熊突然安靜了下來，丟掉遙控器，像隻乖寶寶一樣躺在冰川懷裡。

「熊！我的熊！終於會認主人了……」冰川深吸了一口氣，眼眶閃爍幾下，感動到幾乎要哭出來。

「重點不是那個吧！」白陽吃驚的說：「那寶石究竟是什麼玩意兒啊？」

他將石頭從冰川口袋裡撈出來，泰迪熊頓時又恢復凶狠模樣，東咬西鑽。

「所以……原來泰迪熊並不是只對一百億元好，而是因為一百億元身上帶著這個寶石嗎？」白陽吃驚的說，並將石頭放回冰川口袋讓泰迪熊安靜下來，「真是隻勢利的熊啊！」

「原來不是熊熊喜歡我啊……」蒼言有點失落，伸手想摸泰迪熊卻被牠狠瞪。

「我們得搞清楚這寶石究竟是什麼來歷……好了冰川，別再抱熊了！」

寶石擁有神奇的力量，只要持有它，便能夠讓泰迪熊消去敵意——這是他們在測試了數次後所得出來的結論。

「一百億元，妳說這是一個光頭和尚給妳的是吧？」白陽晃了晃寶石問道。

「對，而且他有三個眼睛。」

「人怎麼會有三個眼睛呢？算了，除了有三個眼睛之外，妳還知道他什麼？」

「不知道了，但他給我石頭的時候有交代我，一定要把它交給爸爸。」

「交給蒼神？」白陽和冰川對看一眼。

「感覺是要交給蒼神沒錯，這東西能讓泰迪熊安靜下來，如果量產的話一定可以賺很多錢。」白陽說。

「你怎麼又在想錢啊！」冰川無奈的拍了下額頭。

「因為有錢就代表不用工作，妳還不知道我這個人嗎？」

冰川噘起嘴，「事情才沒你想的那麼簡單吧，這東西很稀有，哪能量產啊！我覺得現在最重要的，是要測試它能不能對其他魔物起作用。」

「如果能讓所有的魔物都變得安分，那可真是不得了的東西啊！」白陽的眼眸瞬間變得明亮起來。

「晚上就知道了。」冰川拋了一下石頭，原本繃著的臉又綻開微笑，「好想趕快去試試其他魔物啊。」

這似乎是頭一次，兩人對同一件事物懷抱著同樣期待的心情。

然而，石頭再度被拋起的那一剎那，冰川懷裡的泰迪熊突然向前一蹦，張嘴吃掉了落下的石頭，咕嚕一聲就吞進肚子裡。

白陽的雙眼頓時爆出血絲，兩手一掐就撲倒泰迪熊，然後崩潰地搖晃牠的脖子大聲怒道：「快吐出來！快吐出來！你這可惡的傢伙！你這邪惡的熊！快把我的寶石吐出來！」

「不要啊羊！不要掐我的熊啊！你怎麼搞的？平時不是最怕牠嗎！」

「牠吃掉我的寶石啊！那是量產的錢啊！」

「不要掐我的熊！」

最後，白陽仍舊沒能拿回寶石，只能悲痛地坐在地上。但說實在的，那也不是他的寶石，蒼言都沒在急了，就他比任何人還急。

「怎麼辦，石頭被熊熊吃掉了。」蒼言擔心的問：「牠會不會大便啊？」

「不會，所以別想牠會把寶石大出來了。」白陽心死的說道。

「那要怎麼辦？白羊哥哥很傷心，好像是很重要的石頭……」

「其實一點都不重要。」冰川撥了一下頭髮，瀏海下的眼神顯得很不開心，「被吃掉就被吃掉，被吃掉剛好！他就不會再想著錢，我們不要理他了！」

說完，冰川一手抱著泰迪熊、一手牽著蒼言就往廚房走去，討論著晚餐要吃什麼。

蒼言糾結了一下，最後跑出來，拖了一條被子蓋在低著頭的白陽身上，用稚嫩的語氣安慰了他幾句，然後才又跑回冰川那裡。

他們似乎都沒發現，泰迪熊在吃了石頭之後，便不再對任何人表現出攻擊性了。牠現在安分的趴在冰川懷裡，像隻不折不扣的玩偶熊。

白陽只傷心了一陣子就釋懷的站起身，他想起了他還有一百億元，只要有一百億元，寶石什麼的根本就只是小菜一碟！拿來塞牙縫都不夠！

「決定了，一定要守護好一百億元！」白陽氣勢萬分的喊道。

雖然興起了這樣子要守護蒼言的決心，只可惜，好像有點變調了。

04

夜間辦廟會？不想活了嗎！

「好好好，再過來一點點就好，再右邊一點。」

「再左邊一點，我說左邊！」

「左邊！」

一個晴空萬里的早晨時間，無疑是最適合睡懶覺的時候，但卻事與願違——白陽翻了個白眼，聽曾主任的指揮站到了冰川身旁。

又不是要拍照，他實在不懂為什麼要搞得這麼正式，且他現在站的位置不就是最原本的位置嗎！

包含冰川與白陽，一大早曾主任便領著環控員一行人來到了一間太陽院的寺廟。眾人一字排開準備進行例行的祭拜儀式，一副熟練的樣子。

雕刻得極為精美的兩根大理石龍柱矗立在兩旁，屋簷垂下了鎏金的吊飾，看起來豪華無比，無處不顯露出太陽院那驚人的財力。

白陽有點不開心，他嘆了口氣，偷偷靠到了柱子上支撐體重。

每個月總要挑個幾天跑跑廟宇、祭拜一下神祇，這已經成了T島人民的生活習慣，環控聯盟的諸位也不例外，而今天就是他們拜拜的日子。

曾主任調度著眾人的位置，大呼小叫地要他們認真一點，一面唯唯諾諾的聽從寺廟住持的指示，嘴裡「好好好是是是」的聲音不斷。

除了他們之外，也有許多人在寺廟裡活動，這算是一個祈福的場合。

「祈求T島平安和諧；祈求同事下屬每個都安安分分，不要給我惹事；當然也祈求我官運亨通。最重要的是，我們這個區域不要出大亂子，拜託拜託……」曾主任喃喃自語，領著身後的環控員一鞠躬。

說來也奇怪，他們全穿著環控聯盟的制服，卻大大方方的站在這塊太陽院的地盤。自己不覺得突兀就算了，身旁來往的鄰近居民也都一副見怪不怪的樣子。這也難怪，畢竟向太陽院祈禱的習慣已經深植在T島人民的心中了，此刻環控聯盟的諸位已經暫時拋棄了那些偏見，心裡只有一個想法，就是虔誠的向神明祈禱。

生存在這片惡劣的土地上，人們習慣往寺廟裡跑，有什麼苦衷就向太陽院的僧侶、院士傾訴。每個月祈禱的習慣更直接體現了這宗教就是人民生活的一部分，無關乎表演或者想取誰歡心，就和吃飯喝水一樣自然。

即便現在環控聯盟和太陽院發生了戰爭，但只要一踏入寺廟，他們便會將那些疙瘩都拋諸腦後。畢竟雙方的紛爭是兩碼子事，彼此還是要拜拜、還是要跑寺廟。

且這種小寺廟的住持也和典型的太陽院僧侶不同，他們沒什麼架子，更不懂譁眾取寵，與太陽院給人的印象幾乎相反。

總而言之，白陽只有一個感想，那就是太陽院真的很厲害。尤其他不知聽誰說過，越是有錢越是尊貴的人就越喜歡跑寺廟，就連蒼神在蒼言失蹤的期間，也免不了多次踏入太陽院的廟宇祈求神明幫忙。

因此說太陽院擁有民心不是假的，它早已充斥在人民生活的各個角落，在T島擁有至高無上的地位。尤其是那位萬人之上、令萬眾臣服，猶如西方教皇一般被神格化的人物——太陽院的院長，正宗上人。

面對著如此強大且根深蒂固、屹立不搖的勢力，就連蒼神都得退讓三分。傳聞若這兩大巨頭在路上碰著了，是蒼神必須禮讓正宗上人。且蒼神連年以來已經捐獻了不少土地和財富給太陽院，只求能沾得一點光，讓人民能對他有好感一點。

「羊，你在想什麼啊？」

見白陽仍低著頭不動，冰川輕推了他一下。

結果白陽居然睡著了，冰川的輕推差點讓他跌得倒栽蔥。

「妳幹嘛啊！」

「沒有啦，只是想告訴你，你看那邊有廟會耶！」冰川手指向另一邊，臉上抱歉的表情一秒轉變為亢奮。

街道的那一頭人山人海、鑼鼓喧天，且有老虎和獅子模樣的布偶在跳舞。

「廟會就廟會啊，沒看過啊？」白陽白了她一眼。

「不是啦！你看，還有太陽院的僧侶！」

「很正常啊，這種日子他們一定要出來表演一下啊！」

「不是啦！你看，他們也在跳舞！」

「……不然呢？」

白陽實在搞不懂冰川想表達什麼，或許她只是很殷切的想過去看而已，只可惜沒人准許她這麼做。

但白陽倒是想起了前陣子正宗上人曾高調的召開記者會，重申「一個寺廟就是一個信仰中心」，要地方院士多服務人民。當時白陽沒想那麼多，之後聽姐姐白玲提起，他才知道這句話背後頗有宣戰的意味。

多數的人都聽不懂這句話背後的玄機，但白玲當時就明講了，正宗上人顯然是想趁著蒼神的勢力衰退之際，大幅度的擴張自己的地盤，從地方上開始強化。

至於為什麼蒼神的勢力會衰退，原因當然是因為蒼言失蹤。且說是衰退，已經不足以形容蒼神鐵路此刻的慘狀，光是股價就已經如溜滑梯般掉了三分之二，更別提這連帶產生的影響是整個國家的財富直接蒸發掉一半以上。

蒼神本人則已經有一個月沒有曝光露面，傳聞連家門也沒出，使得整個集團處於空轉狀態，也使得整個社會跟著空轉，鬧得人心惶惶。

每次想到這點，白陽的良心就很不安，因為蒼言就在他家裡。

拜拜結束之後，曾主任沒馬上放眾人們走，只見他露出略微得意的表情，火速帶他們回隔壁街的聯盟分部，伸手掀開了擺放在前庭裡一個大型物體的布幕。

剛才他一直不讓人接近它，一副神秘兮兮的樣子。

「這……」

「這是？！」

布幕後方是個巨大的像火箭的機器，雖然長得歪七扭八的，卻莫名的有一股協調感。但白陽還是不知道它是什麼，想破頭也不知道。

「這到底是什麼啊？」於是他忍不住問了，聲音壓過其他環控員。

「是一個神奇的機器。」曾主任抬了一下眼鏡，「明天晚上會有一個重量級的人物來，這是上頭交代下來要準備的。」

「什麼重量級的人物？」

「聯盟派下來的督察，要督導我們這個轄區的狀況，聽說是會長身邊的親信。」說到這，曾主任拍了拍肩上的灰塵，整理整理衣著和頭髮，好像那位督察已經出現在他眼前了似的，「反正不干你們的事，明晚你們都給我老實點，該做什麼就做什麼，別給我捅婁子。」

曾主任十分重視這次的督導，他一直是個汲汲營營想升官的人。白陽倒是懶得管那麼多，老實點就老實點，他也不想惹麻煩。

「所以，這到底跟火箭有什麼關係啊？」冰川問，她剛才一直很好奇的在研究火箭機器的構造，還差點讓頭髮卡進縫隙裡。

「當然有關係。」說完，曾主任也不吊人胃口，直接掀開火箭頂端的遮罩。

白陽和冰川都是一驚，布幕裡竟是一個類似於鳥籠的大鐵籠，裡頭關著許多紫色的水母，一上一下飄浮著看起來有些危險。

「這……這是什麼啊？！」白陽後退了好幾步。

曾主任有些得意的勾了一下嘴角，「這是我們分部的最新發明，用來抓變異水母的。這種紫色變異水母一直都很難抓，牠們會隱形還會瞬間移動。好不容易發明了這東西，當然是要趁著督察來的時候讓他看看。」

身為環控員，白陽自然知道變異水母有多麼難抓。具體一點的說，他這輩子還沒抓過變異水母，像這樣近距離的看著非隱形狀態的變異水母，這還是第一次。

「哇，是變異水母！」冰川的兩隻眼睛閃閃發亮，直盯著火箭籠子，好像要直接把水母吸進眼睛裡一樣。

「好了，別再看了。」曾主任小氣的將布幕蓋上，晃著食指說：「我先警告你們，到視察結束前的這段期間你們該做什麼就去做什麼，別給我到處亂晃，尤其不准碰這東西，要是出了什麼差錯，你們就算被解雇也無法負責！」

「那你幹嘛還給我們看啊！」白陽沒好氣的說：「叫我碰我還不想碰咧！冰川，妳聽到了喔，等等就回我們轄區，妳可別又想幹嘛！」

「我沒要幹嘛啊……」

曾主任說：「回去後環境係數記得看好，這兩天皮給我繃緊一點，所有的長官都在看，一點亂子都不能出！」

「知道啦知道啦！」白陽說。

而冰川仍直盯著籠子看，白陽覺得不太妙。他嚴厲的警告冰川不准再養新寵物，抓著她的手臂就將她帶走。

▶◎◀◎▶◎◀

「大家——不要推也不要擠，慢慢來就好——」

天一黑，水母聚集，還有一些常見的蘑菇狀雲朵魔物在飄浮，人們尖叫著逃回家裡。十字型的街道，路燈已經亮了。白陽站在街口心不在焉的協助民眾回家，一面留意魔物有沒有飛過來；冰川則看著一臺平板儀器的螢幕，監控著整個轄區的環境係數。

「平均值是A，有三個地區維持在S級，後街快要降到C級。」她說。

「安啦，等居民都回家，我們把水母打一打就會恢復成SS了。」白陽回答，一面幫忙鄰近人家將大門關上，「妳可以先去收拾了。」

冰川十分樂意，她綻開笑容，淺色的眼眸一眨，伸手從髮際取出她的髮夾——雖說是髮夾，看起來卻像足了寒冰結成的針一般，晶瑩剔透。

「大家，看我這邊！」冰川這麼喊道，俐落的將髮夾擲出。

公寓住家的鐵窗上，只見一道雪花軌跡沿著她的手勢延伸，在冰晶髮夾被拋到最高點時分裂開來，擊中數隻水母，讓牠們摔進盆栽裡成為肥料。

「還有這邊，你們都乖乖回家吧！」冰川躍上了屋頂，展現了她的身手非凡。

三支髮夾同時被擲出，分裂而張成一面巨大的攻擊網，飄浮在公園上空的蘑菇魔物便這麼被群起的冰晶針扎住，紛紛墜地。

「好了，係數恢復回ＳＳ了。」白陽看了一眼監控面板。

接著，他們陸續擺平了其他區域，保護人民安全回家。為了加快速度，白陽還難得的拿出了他的墊板，啟動電羊狀態，狠狠的教訓了那些水母。

看著面板上頭的數值一個一個都跳出綠色的ＳＳ字樣，白陽就覺得很滿意。

身為Ｔ島「環境控制聯盟」的「環境控制員」，白陽和冰川平日的工作及任務就是這樣。在天黑時消滅魔物，巡視街道並維護轄區的安全；隨時掌控環境係數，以應付緊急狀況。

白陽和冰川所負責的這個轄區還算是單純，只有水母會出現。若是其他地方可就沒這麼好了，像冰川所養的那隻巨斧泰迪熊就來自於西區，而那裡上次還出現了整群轉彎白海豚……

白陽每次想到就頭皮發麻，他覺得那裡的環控員遲早會過勞死。

總而言之，每個人顧好自己的轄區、監控好環境安全，集合起來就是一整個T島的和平。哪怕只要有一晚這些環控員罷工，讓魔物肆虐，T島說不定就被毀滅了。

因此，環控聯盟可說是這個島上最重要的組織，一舉一動都維繫著國家的安全。

「欸，冰川，那裡到底在幹嘛啊？」白陽不解的問。

白陽和冰川正走到最後一塊區域，卻見有一堆人擠在巷道，一片熱鬧滾滾的樣子。

「為什麼不回家？不是已經晚上了嗎？」白陽大聲吼道，企圖壓過人群的聲音。

由於這個區域一直是ＳＳ的狀態，所以他們也沒多留意，甚至不打算來。是最後白陽惦記著主任的話，深怕出什麼差錯，才不甘不願的多跑一趟來確認。結果一來，果然發生了非常不尋常的事。

「沒聽到我的話嗎？快點回家去！你們瘋了嗎？晚上了欸！」白陽簡直不敢相信，他這輩子還沒看過這麼多人在晚上聚集。雖然天空中一隻水母也沒有，但誰知道下一秒會不會突然生出一隻魔物暴龍把他們全都秒殺啊！更何況夜晚的空氣還有隱形的劇毒酸液，白陽才不相信他們全都是體測值在B以上的能力者，能免疫酸液咧！

「你們不怕死嗎？一群白痴快給我回家！」白陽急了，「快滾回去！我是這裡的環控員，誰敢不聽我的話！」

吼了半天惹來許多人的白眼，總算從裡頭有一個人走出來回應了。

人群間開了一條縫，一名太陽院的僧侶走過來。白陽這才看清楚，人群所圍著的裡頭是一間小寺廟。

延續了早上那例行的祈福儀式，原來今日也正好是某位神明的誕辰日，因此該寺廟在晚上還有一連串的慶典活動。

「慶典活動？」白陽的臉簡直要垮下來，「你知道現在幾點了嗎？你不怕全部的人都被魔物踩死嗎？你知道我們這個國家有宵禁嗎？你們寺院的住持是腦子有洞嗎？竟然在晚上辦活動！」他大吼。

面對如此不客氣的白陽，眼前的僧侶倒是不慍不火，但是他臉上卻帶著輕視的笑容說：「你說的我都知道，所以，我想請問你，現在空中是否有半隻水母？」

「什麼？」

「就是沒水母嘛。」他雙手一張，嘴角笑彎了，「水母早被我們除掉了，不需要勞煩你們這些環控員。為了今晚的慶典，本院特地派了我們這些僧侶來，所以完全不需要擔心參與者的安危。」

說完，他彈了一下手指，地上頓時顯現出一個巨大的光圈，「且本院也駐守了一名結界師在此，可以保護在結界內的居民不受酸液影響。這樣可以了嗎？兩位是否要離去？或者一起參與慶典？」

他的語氣讓白陽火大到了極點。是的，乍看之下是萬事 OK，想必太陽院派來協助的僧侶素質也不會太差，能夠應付各種魔物，但他可不能接受，畢竟要是出了什麼差錯，最後還是他要承擔。

「你給我搞清楚狀況了，聯盟明文規定，從晚上六點起就是宵禁的範圍，任何人都不許踏出家門。你們現在馬上解散！活動取消！」

僧侶的笑臉垮了下來，抿起嘴，視線瞥向一旁就說：「這可恕難從命，我剛才已經說得很清楚了，參與者百分之一百安全。」

「誰管你什麼百分之一百安全啊！」

白陽忍不住了，怒氣一發就做出翻桌的動作，「這裡是我的地盤，容不下你們太陽院在這裡胡作非為！身為本區的環控員，我說不行就是不行！你們現在全部——」他指向群眾，「全部給我解散，聽到沒有！」

此話一出，激起了民怨還好，結果寺廟裡其餘的僧侶全都出來了。白陽和冰川被團團圍住，霎時看起來是勢單力薄，白陽想再逞凶鬥狠，底氣可就虛了。

然而，白陽卻越說越過分：「就是你們這些人——」他一個一個指著僧侶的鼻子，似乎是氣昏頭了，「就只會作秀而已，遇到這種慶典才出現，有鏡頭時才有人影，但平時呢？平時跑去哪了！平時我們在和魔物戰鬥的時候你們跑去哪了！」

「羊，不要這樣……」冰川終於聽不下去，趕緊拉住白陽的胳膊勸道。

「這位施主。」此時寺廟的住持和緩的鞠了一個躬：「非常抱歉給您帶來麻煩，但這個活動，我們恐怕無法取消。」

冰川捂住白陽的嘴，代為問道：「為什麼無法取消？」

「原因很難說出口啊。」住持停頓了一下，又道：「因為是上頭的意思，而上頭的意思又是來自於上頭。簡單來說，若不是高層的指示非常強硬，我們也不想這麼做的。」

聽到這句話，白陽被冰川攔著而憋紅的臉頓時愣住。他吸了一口氣，拿開冰川的手問道：「所以，果然是正宗上人的意思嗎？」

住持的臉僵了一下，然後打躬作揖的說：「上人功德無量，福如東海。」

這種來小寺廟辦活動、枝微末節的事，當然不可能是正宗上人的指示。但追根究柢，確實是他那句「一鄉一大廟，一里一小廟，一個寺廟就是一個信仰中心」所造成的。

為了強化太陽院在地方上的勢力，太陽院的院士便開始總動員，四處辦廟會開講座，和民眾握手拍背大擁抱。明的來講是在籠絡民心、重整他們的影響力；但暗的而言，就是他們準備要擴展勢力，對其他人的地盤伸出魔爪了。

整體而言，白陽記得白玲所講過的，太陽院是要趁著此刻蒼神的勢力虛弱之時出手。但如此看下來，至少白陽此刻明白，最直接受到衝擊的其實是環控聯盟。

因為太陽院和環控聯盟一樣，都是靠著「地盤」起家的，在區域上的支配權，就是構築他們勢力最不可或缺的一部分。

例如，太陽院的廟宇就是一個地盤的概念，失去了這個地盤，就會失去該地盤上廟宇所影響的民心。環控聯盟也是一樣的，環控聯盟本身就是由無數個環控員所掌管的監視地區所形成的，集合起來就是整個T島；若聯盟的環控員在某個地區的支配權不夠有力、拳頭不比人大，那麼這種支配力弱的地區只要一多，整個聯盟的勢力就會跟著變得弱小。

相對而言，地盤對蒼神的影響就不是那麼大了。蒼神是靠著做生意起家的，有錢進口袋就好，其他都不重要。地盤對他來說僅僅是個「房地產」的概念，可買賣、可轉換成金錢，沒有了也沒差。

因此，太陽院若是打算搶地盤，第一個受到影響的一定是環控聯盟。正如此刻白陽和冰川所面臨的狀況一樣，對方硬要在他們的轄區內辦廟會，講也講不聽，就是剝奪了他們在這塊地盤上的支配權，從此他們就不再是這個區域的老大了。

所以白陽絕不允許！

在想了這麼多之後，他的內心湧出了一股使命感。身為環控聯盟的一分子，他一定要誓死守住這個轄區，絕不讓太陽院染指。

「我不管你們是受到了上面什麼壓力，反正我說不能辦就是不能辦。把那些舞龍舞獅都收起來，鞭炮的垃圾也收一收，還有叫那個師公可以休息了，唸經唸到我頭都痛了。」白陽環手抱胸，毫不退讓的說。

「一定要這樣嗎？」住持的眼神冷漠了起來。

「就是得這樣！在這個地方就是我說了算，我說解散就解散！」

「哼，就算我們真的收攤好了，你覺得，這些與會民眾會這麼簡單放過你們嗎？」

最初的那個僧侶說道，並向後退開。

是的，聽到廟會要取消，圍觀的民眾都憤怒了。面對白陽和冰川這兩個不速之客，他們就已經很不高興了，更遑論他們都站在太陽院那邊，民心都向著太陽院，所以當然更加敵視與僧侶們作對的兩人。

見場面越來越混亂，冰川擔心地附在白陽的耳邊說：「羊，我覺得這情況已經不是我們能處理的了，要不要趕快告訴主任？」

「不需要。」

「咦？」

「我說了，不需要。」白陽決絕的說。

只見他舉起了右手，吼了一聲「安靜」，周遭喧譁起鬨的民眾頓時都沉默了下來。

「想要廟會繼續進行可以，我只有一個條件。」他說。

僧人們站在民眾後方，不曉得白陽想搞什麼把戲。

白陽嚴肅道：「從明天開始，我和冰川就不再監控這個社區的環境係數，如果能接受這一點，我就允許你們繼續活動。」

「咦，怎麼這樣？」

「不行啊！」

「會死的啊，不行啊！」

民眾一片譁然，抱怨聲四起。對此，白陽實在是很生氣，他們明明這麼依賴他和冰川，卻又都不聽話。

「怎樣？沒有我們不行嗎？何必呢？」他挖苦的說，並指向太陽院的僧侶，「他們不是會保護你們嗎？從明天起叫他們保護你們就好了啊，你們可以每天辦廟會，多開心啊！」

此話一出，民眾都不說話了。

那排僧侶的臉色變得更是難看，但卻也不敢說什麼。

「怎樣？怎麼都不說話了？哦，原來你們也知道太陽院只有在辦活動的時候會出現啊？等等廟會結束後他們就打包走人了，真正要死要活的時候一個人影都看不見，是不是？」

「話不是這樣說的，太陽院是我們的精神支柱！」有人出面聲援。

「那就請你的精神支柱每天保護你啊！」白陽立刻打臉。

話說到這裡，已經有些人氣得臉紅眼泛淚，不想白陽這樣侮辱他們最愛的太陽院，但卻又找不到說詞回嘴。見事已至此，冰川拍了拍白陽的肩膀，要他別再這麼露骨的說下去。

「我最後再說一次，全部解散，回家休息睡覺，明天還要上班。」白陽說：「太陽院的也是，除非你們每天都來守護他們的安全，不然也可以回去了。」

「可、可惡！」

「算了算了，回家吧……」

「……」

「唉……」

一番話下來，白陽的說詞壓過了民眾的躁動和太陽院的藐視及無禮，於情於理都站得住腳，且站得穩穩穩！他貫徹了他的立場和原則，使得民眾自行離散。而太陽院縱使再怎麼不服氣也無話可說，總不能動起拳頭來，他們只能惱怒地相互指責，問究竟是誰搞砸這一切，並苦惱著該如何處理高層的交代。

白陽打了漂亮的一戰，為環控聯盟保住了面子，而且也守住了這塊地盤。

「羊，你怎麼敢那樣和他們起衝突啊？」回去的路上，冰川緊張兮兮的問道。

「為什麼不敢？不過是個太陽院而已。」

「我不是那個意思！」冰川拉住了他，兩個人都停下腳步。她說：「你忘了嗎？太陽院的人在追殺言言啊！」

白陽愣住。

冰川繼續說：「言言現在在我們家，那天我們把她救走，你不覺得我們有可能被認出來嗎？」

「……對喔。」白陽的臉色刷白，為自己剛才的舉動捏了把冷汗，「天吶，應該沒有被認出來吧？」

「我不知道，但我以為你有什麼別的想法。」冰川拍了下自己的額頭，「結果你只是沒想到！」

「……」白陽沉默了一下。

「但這麼看來，他們今天活動的原因好像就沒那麼單純了。他們是不是想趁機把民眾聚集起來，找一百億元有沒有在裡面？」接著他又推測道：「也搞不好他們是想趁機把民眾引離開家裡，然後闖進去每間房子裡找！」

「但，羊，你還記得白玲姐說過的嗎？言言被追殺的那晚，其實是有人要挑撥蒼神和太陽院之間的關係，才很明顯的故意用有記號的僧人去追殺她。」冰川突然說。

白陽愣了一下，聽她這麼一說，腦袋頓時混亂了。

「對欸，那……那到底是怎麼一回事了啊！」

兩人都沉默了，最後冰川說：「不知道，這裡頭好像爾虞我詐的。但不管怎樣，我想最重要的，我們還是要想辦法將言言安全的送回去。」

「……嗯。」

一番話下來，回到了事情的癥結點上，白陽突然有種無力感。他和冰川這幾天一直在尋找能將蒼言送回去的方法，他們探查了蒼神集團在這個地區的據點、也嘗試打了幾次電視上協尋蒼言的電話專線，但卻在中途就打退堂鼓——他們可沒忘記白玲警告過的話，蒼言的事千萬要小心謹慎，一點差錯都不能出。

對此，白陽銘記在心，畢竟蒼言可是他的一百億。每次聽電話另一頭那客服人員的聲音，他就完全不覺得他們能將蒼言的下落傳遞給蒼神，甚至他覺得電話會被壞人竊聽，所以他每次都掛電話。

但他卻又優柔寡斷的再打過去。

「唉，感覺一直在原地打轉。」白陽嘆了口氣，「姐姐那裡也不知道怎麼樣了。」

他們已經別無他法了，要把蒼言送回家去，比想像中還要困難好幾百倍，他們完全沒轍。

先撇除到底是誰在追殺蒼言這錯綜複雜的問題不論，今晚太陽院在他們轄區內的所作所為已經很過分了，難保以後不會再發生。且往大方面來看，太陽院的侵略性只會越來越強而已，與蒼神及環控聯盟的衝突將會越來越多、越來越激烈。

正宗上人在位已久，統領太陽院已不知幾個年頭。以白陽對他的認識，他是一個絕對的強人，而且他的野心極大。他擁有超乎想像的巨大權力，僅僅一介凡人身軀卻承載了T島兩千三百萬人的信仰及忠誠，比起名字有一個「神」字的蒼神，他是更接近於神一般的人物。

太陽院正在蠢蠢欲動，蒼神又在耍廢，而環控聯盟的立場則連身為環控員的白陽都摸不著頭緒。三巨頭的勢力即使只有輕微摩擦，也會在T島掀起大震盪，最後苦的仍是人民。

這座島嶼就這麼小，已經容不下更多的野心了。

05 火箭變身……腳踏車？

一天過去了，社區附近仍有太陽院的人，再加上昨晚所發生的那些事，搞得白陽緊張兮兮，總覺得每個遇見的僧人都想殺蒼言，辦廟會什麼的只是偽裝，他們個個都心懷不軌！

時間是下午三點，白陽和冰川剛完成一個臨時任務，一回家白陽就聞到一股燒焦味，緊接著一陣高亢的稚嫩聲音傳來：「哇──白羊哥哥，你先不要進來！」

白陽拍了一下額頭，「一百億元，妳又亂動廚房嗎！」

昨天也是這樣，前天也是這樣，蒼言總會趁著白陽和冰川不在家的時候做一些家事，煮煮飯、拖拖地之類的。像昨天她就想幫忙洗衣服，結果洗衣機卻整個翻倒，水從陽臺一路淹到客廳。

白陽很不明白，她明明那麼嬌小，到底是怎麼把洗衣機弄倒的？

「呵呵，妳今天煮飯啊？」白陽無言的拿起餐桌上盤子裡一個黑漆漆的食物，卻不小心讓它掉到地上發出「鏗！」的一聲，「……天啊，妳是怎麼做出這種神器的？我們家有這種食物嗎？」

「那是飯糰。」蒼言說道，並端著另一盤黑漆漆的東西從廚房走出來。

「拜託妳別再動廚房了，妳只要乖乖待在家裡就好了，好嗎？」白陽拋了拋硬邦邦的飯糰。

「可是……」蒼言低下頭，「人家也想做點事……」

「我知道，但妳只要乖乖待著，我們就很高興了，好嗎？」

白陽也不是不了解她的心情，她從小在溫室裡長大，好不容易有這個機會，她一定很想表現，想變得成熟獨立一點。

但看著餐桌上各種堅硬的黑色物體，他實在說不出鼓勵的話。

「言言，泰迪熊怎麼不見了？」四處張望的冰川問。

白陽才在想冰川跑哪去了，怎麼都沒有聲音，就看到她從房間跑出來。

「泰迪熊？」蒼言歪了頭。

「對啊，我不是把牠綁在嬰兒椅上面嗎？」

「喔對。」蒼言想了一下說：「牠跑去洗澡了。」

「洗澡？」白陽和冰川都是一愣。

「對，牠在洗衣機裡面。」

白陽的額角爆出青筋，立刻往陽臺衝去，冰川也著急的跟上。一個是擔心洗衣機會被搞壞，另一個則是擔心她的熊。

「泰迪熊！」

一打開洗衣機，冰川就和她的巨斧泰迪熊對望。

脫水程序已經結束，泰迪熊看起來有點濕濕的，毛的光澤比較暗。

「媽的，這該死的臭熊！不知道有沒有把我的洗衣機弄壞？」白陽伸手檢查了一下洗衣機，冰川則將泰迪熊抱出來，直呼牠好可憐。

「熊熊洗完澡了嗎？」蒼言跑進來問。

白陽轉過身來，手扠起腰來生氣的說：「一百億元，我跟妳說過多少次了，這隻熊很危險，妳不要隨便放牠出來！」

「是牠自己出來的啊，而且牠現在很乖，又不會咬人……」蒼言委屈的說。

泰迪熊自從吞了那枚寶石之後就不再攻擊人了，但白陽還是看牠很不順眼，甚至有點怕牠，能不和牠接觸就盡量不和牠接觸。

蒼言踮起腳尖看了一下熊，扯了扯白陽的衣袖想叫他們去嚐嚐她做的料理，卻突然愣在原地。

白陽轉過頭看到她的表情，沿著她的視線再看過去，然後也跟著愣住。

在冰川的肩上，秀麗的長髮間有團紫色的東西蠕動著，接著從她的衣領爬了出來。牠圓圓的頭部晃個不停，軟趴趴的觸手跟著四處擺動，好像在找東西握手一樣——白陽大驚失色，那不是昨天曾主任放在火箭機器裡，千交代萬交代要他們不要動的紫色變異水母嗎！

「冰川！」白陽怒吼，抓起旁邊昂貴的盤子就要往地上摔去，但在放手之際臨時換成便宜的，「妳這個混蛋！我真的、真的已經忍無可忍了！我這次一定要報警！」

盤子在地上匡噹一聲摔成碎片，代表著白陽的憤怒。他簡直不敢相信，冰川真的把變異水母偷帶回家養！

但冰川卻露出嚇到了的表情，一臉不解的望著白陽和蒼言，問：「什麼水母？我沒有偷養水母啊！」

「看看妳的肩膀！」

冰川一擺頭，差點就要和紫色水母來個近距離kiss，她嚇了一大跳，將水母甩下來，並撥掉頭髮上的紫色黏液。

「這下妳還有什麼好說的？」白陽指著她的鼻子說道。

「我真的不知道啊！」冰川的語氣一下子變得激動，臉頰微微泛紅，不能接受自己被誤會，努力解釋：「我沒有帶水母回來啊！我也跟你們一樣現在才發現啊！」

「妳別再騙了！那時妳看水母的眼神就很不妙，我就知道妳會偷摸一隻回來！」

「我沒有騙你！」冰川的臉因為委屈而變得更紅，「我沒有偷水母！牠們被關在籠子裡，我怎麼可能偷得到！」

白陽已經無力回答她了，他想起曾主任交代過的話，腿一下子軟掉，「媽的死定了！主任說過那些水母是今晚要給長官看的，妳偷一隻回來，他一定會抓狂，他明明要我們別靠近籠子的。」

「就說不是我偷的了！」

「那牠是怎麼來的？難道是牠自己鑽出來跟著妳的嗎？」

「我不知道，但搞不好……搞不好真的是那樣啊！」冰川雙手握拳，眼眶幾乎要泛出淚水，「搞不好真的是牠自己鑽出來的啊！」

白陽瞇起眼盯了她一下，然後就暫且相信了她，畢竟冰川不是個會賴皮狡辯的人。他哼的一聲說：「好吧，就算不是妳偷的好了，我們也完蛋了。還記得曾主任說過什麼嗎？他叫我們不要碰那籠子。」

「就說我沒有碰了啊！」

「就算沒有碰，水母也跟著妳跑出來了吧！」白陽更大聲的說：「不知道還有多少水母跑出來……媽的，要是曾主任晚上打開籠子發現裡頭一隻水母也沒有，一定會宰了我們！」說到這裡他幾乎想去撞牆，「現在沒時間了，我們快把水母還回去，順便去做確認！」

他蹲下來，用厭惡的表情捏住那隻軟趴趴的紫色水母，在不碰到牠劇毒觸手的情況下，將牠丟進垃圾袋，「還愣著做什麼？走了！」

見白陽和冰川就要出門，蒼言抱著泰迪熊喊道：「我也要去！」

「一百億元妳不要鬧，乖乖待在家裡等我們回來。」

「我已經在家裡好幾天了……我也要去，我要看水母！」她哀求的說。

「不行。」白陽無視她可憐的表情，「妳要是出了什麼差錯，我會被妳爸爸剁手剁腳。妳乖乖待在家裡就好。」

「白羊哥哥，我也要去……」蒼言幾乎要哭出來了。

白陽蹲下來摸了摸她的頭，隨便從旁邊的衣架拿了一頂冰川的帽子戴在她頭上，直呼她好可愛。如此哄了哄之後要她帶泰迪熊去睡覺，兩人才順利離開。

▶◎◀◎▶◎◀

來到聯盟分部的前庭，一掀開那火箭籠子的布簾，白陽差點吐血——籠子裡頭空蕩蕩的，什麼東西都沒有，水母全跑光了。

「不——」白陽捂著臉跪在地上：「神為什麼要這樣對我？我到底做錯了什麼事？為什麼！」他痛哭流涕的敲打地面。

冰川也覺得糟糕了，水母全都不見，事情很嚴重。她檢查了一下籠子，發現在牢籠的後方有一個缺口，水母一定都是從那裡跑掉的。那隻跟著她回家的水母也是。

「羊，籠子有破洞，水母都是從那裡跑掉的，跟我們沒關係，這不是我們的錯。」

「妳覺得曾主任會聽我們解釋嗎？」白陽悲憤的說：「我們跳到黃河也洗不清了！尤其這件事關係到他的升遷，他一定會大發雷霆的！」

「那我們現在趕快把水母找回來啊！」

「怎麼找？妳也不是不知道變異水母，牠們會隱形還會瞬間移動，要怎麼找！」

「用這臺機器啊。」冰川敲了敲火箭的基座，「那些跑掉的水母不是也用這臺機器抓到的嗎？」

白陽揉了揉眼，從地上爬起來，「對欸，好像還有救。」但他突然又臉一黑，大字一躺倒在地上，哀怨的說：「我為什麼會這麼衰啊？這個時間我不是應該在家裡休息嗎？我到底造了什麼孽，非得做這種事……」

「好了啦，別再賴皮了，我們要快點在主任發現之前抓滿水母。」

「但我到底為什麼會惹上這種麻煩事？我到底為什麼這麼衰？」

「好了啦，快點起來。」冰川幾乎是用揹的方式將白陽拖起來。

白陽無力的站直身體，埋怨著自己的不幸，他下巴壓著冰川的肩膀，視線往前看去時，卻看到一幕非常詭異的畫面。

「……冰川，我們家那隻熊耳朵上有綁蝴蝶結對不對？」

「對，我和言言一起綁的，我覺得牠應該是女生。」

「啊啊啊啊！」白陽崩潰的指向對面街道，差點沒把眼睛瞪出來。

一隻巨斧泰迪熊踱步而過——沒錯，就是冰川的那隻——牠的背上揹著一個人，用外套罩了起來，讓人看不見是誰，但露出的腳踝和裙子的碎花邊還是讓白陽認了出來，那是蒼言。

泰迪熊揹著蒼言搖搖晃晃的從街上走過，左顧右盼的似乎在找白陽和冰川——白陽都不知道該怎麼吐槽了，蒼言想偷跑出來跟蹤他們就算了，但竟然不是她揹著泰迪熊，而是泰迪熊揹她，好像躲在泰迪熊背上就不會被發現一樣。

此時，蒼言從外套裡探出頭來，著急的問泰迪熊是不是跟丟了。突然，她和白陽對上了視線，白陽立刻對她翻了個大白眼，舉起拳頭作勢要教訓她。

「妳到底在做什麼！快過來啦！」

蒼言立刻從泰迪熊背上跳下來，兩者立場互換，換她將牠抱起，並且不忘用外套蒙住頭，像小紅帽那樣跑過來。

「白羊哥哥～」明明被罵，她卻是露出高興的笑容。

「誰叫妳出來的！我不是要妳乖乖待在家裡嗎！」白陽問。

「熊熊說牠不想睡覺，牠說牠想找白羊哥哥～」

「我看是妳不想睡覺吧！」白陽沒好氣的說：「真是麻煩死了。」

此時冰川不知道按到了什麼按鈕，火箭機器發出卡嗟卡嗟的聲響，開始運作起來。

看著上面籠子的地方開開闔闔的，白陽有些緊張地按著蒼言的肩膀，準備看它要怎麼抓變異水母。沒想到機器的下方突然生出兩隻腳來，接著拔腿就跑。

「……媽的，這到底是怎樣……」白陽簡直傻眼，「為什麼機器會長腳跑走啊？」

「羊，我覺得我們趕快追比較好。」

「還用妳說嗎！水母跑走就已經夠不得了了，要是主任回來看到連機器都不見，還不殺了我們嗎！」

白陽抱起蒼言，冰川則抱起巨斧泰迪熊，也無暇多說什麼，兩人往火箭機器跑走的方向追過去。

遠遠的，白陽就看到火箭機器衝進了便利商店，一手掃過架上的餅乾糖果，全部裝進它頭部原本用來關水母的牢籠裡，然後撞破玻璃繼續逃跑。

「哇，羊你有看到嗎？它喜歡糖果耶！」

「看到了看到了……噓，小聲一點，別讓人家知道我們和它有關係，等等叫我們賠錢……」

火箭機器持續朝巷口狂奔，白陽打死也不明白究竟是誰發明了這種天殺的東西。而且他發覺自己處於一種很尷尬的處境，冰川就跑在他前面，他一直聞到從她身上傳來的香氣，她的頭髮還不時會搔到他的臉頰。

「白羊哥哥，你怎麼了？」趴在白陽懷裡的蒼言問道。

「少囉嗦，我等等就超越她了好嗎！」

「什麼意思啊？」

蒼言的舉動也讓白陽覺得很不自在，她攀著他的脖子，很高興地唱著和羊有關的歌，一面用非常可愛的表情玩他的耳朵和頭髮。

「喂。」白陽嘟噥了一聲：「……算了。」

火箭機器越跑越遠，冰川的速度卻反而突然減慢。白陽才在納悶為什麼，就看到前方有一坨巨大的畸形物體，伴隨著難聞的惡臭。

「呃！」他立刻停下腳步，驚道：「哇靠，是變異豬公！」

大樓的後方，那隻魔物至少有十層樓高。肥胖的身軀、滿身的皺摺以及覆滿汙垢的大耳朵，淌著汙濁黏液的鼻子齁齁齁的叫著。牠是S級的魔物，白陽不用想也知道，現在的環境係數鐵定惡化到D以下，說不定已經降到G了。

「為、為什麼啊！現在不是還不到六點嗎？為什麼會出現這種魔物，還是S級的？！」白陽錯愕的問道。

一般而言，T島的魔物都是在晚上六點以後才會出現，且這個城市可從來沒出現過S級的魔物，白陽完全不敢相信眼前的狀況。

「哇，好大的豬！但是好臭！」蒼言天真的說道，完全不怕那可怕的魔物。

白陽朝前方喊：「冰川，妳在看什麼啊？妳嚇傻了嗎？」

冰川轉過頭來，伸手指向變異豬公的下方——這下連白陽都傻了，那臺火箭籠子機器竟然卡進了變異豬公的下半身，就像陷進大便裡一樣，只剩一半在外面。

「可別告訴我要有人去把它拖出來……」白陽捂住臉。

「是啊，該我們上場了吧？」冰川的眼眸閃爍而變得明亮。

每次看到她露出那種笑容，白陽就覺得麻煩大了，但他這次卻非得蹚這渾水不可。

冰川脫下了薄薄的外衣，動了動手腕嘗試變出幾片雪花，然後火力全開地朝變異豬公衝去。她以散落的冰晶形成一道鮮明的軌跡，與那飄逸的長髮交錯重疊，衝刺向前。下一秒，手中的冰劍便已刺進變異豬公的身體。

白陽雖然沒那麼積極，卻也不能像以往一樣置身事外。畢竟要是沒把火箭機器拿回來，他們的麻煩就大了。

「一百億元，妳給我好好待在這裡，抱好妳的泰迪熊別亂跑，聽到沒有！」白陽交代，然後換看向泰迪熊說：「巨斧你也是，你給我看好一百億元，說不定這次就是能讓我對你改觀的好機會。」

巨斧泰迪熊也點點頭。

「靠，真的假的？你聽得懂人話喔？」

變異豬公砰砰砰的開始暴走，已經和冰川槓上了。牠掰開擋路的建築物，挪動著肥胖的身軀死命攻擊，揮過的拳頭及滴下的劇毒黏液卻都碰不到冰川一根寒毛。

冰川的表現十分亮眼，她旋轉飛舞在豬公周身揮砍，出盡了鋒頭。對於這樣的景象，白陽早就習以為常，不管是在戰鬥時刻還是日常生活，冰川總是能瞬間成為焦點，她就是天生的模特兒。

相較之下，白陽就是非常沒有存在感的一個人了，能不引人注意就盡量不引人注意。他會一直低調、低調，直到——他將自己通電。

「冰川，讓開！」白陽大喊，手中的墊板已經在頭上摩擦了數次。

他的毛衣啪滋作響，身體發亮起來，由裡而外都充滿了靜電。

看準冰川已經凍住了豬公的腳，白陽雙手比出手槍的姿勢，霎時電光一閃——強力的電流往豬公襲去，威力驚人！但接下來的一切卻令白陽嘴角抽搐。

電流擊中變異豬公的瞬間，咖啡色的惡臭物四散，噴到了商店的招牌、也噴到了停在路邊的汽車和機車上，附近的住家全部遭殃。

「……」冰川和白陽互看了一眼，冰川不知該說什麼的站在原地。

「妳那什麼表情！妳也有責任喔！」白陽指著她說。

冰川沒有反駁他，而是指著豬公說：「反正事情更糟了，你看火箭。」

這下白陽完全笑不出來了，那隻豬公黏液魔物被他電了一下後肌膚變得更緊實，滿身的皺摺不見，將那臺火箭機器整個吃了進去，只露出一節鐵竿子。

豬公咆哮了一聲，好像覺醒那樣子的拚命跺腳，讓四周的建築物像積木一樣彈來跳去，然後便朝著冰川、白陽衝來。

「媽呀，這到底是什麼魔物啊！」

白陽拔腿就跑，看到一旁站著看呆了的蒼言和泰迪熊，不由分說一手抱起一個就急速離開現場。

冰川跟著撤退，變異豬公當然也追來。聽著身後砰砰乒乒的聲音，白陽不敢轉頭，但他卻腦筋動得很快地在地面的人孔蓋上灌注靜電，留下許多他特製的地雷，只可惜完全沒用。

「哇哇，豬八戒來了！」

蒼言倒是變得很亢奮，她和白陽一樣有電耐受性，不怕白陽身上的靜電，甚至好像接收了他的靜電一樣，整張臉亮起來。她神采奕奕的攀著白陽的脖子，蹬著腳爬到高點，看著後方的變異豬公，當起小小指揮官指揮白陽該往哪裡跑。

泰迪熊則很安分的被白陽夾在腋下。

「羊，前面有美女沙丁魚！」

冰川的這一提醒，讓白陽發覺天已經完全暗了，魔物出現了。

道路前方布滿了閃爍的銀色小魚，搖首擺尾地跳著詭異的舞蹈，長長的假睫毛眨呀眨，看起來超有事……

牠們是等級與水母相當的低等魔物，美女沙丁魚。白陽已經很久沒看到牠們出現了，但他一點都不想看到牠們——魚有眼皮就算了，竟然還會嘟起嘴拋飛吻，白陽簡直不知該怎麼吐槽。

此時，那些美女沙丁魚用鰭搭著彼此的肩跳土風舞，圍成一道魚牆路障；除此之外，白陽也感覺到還有一些魔物正在聚集，民眾則早已跑回家裡躲起來——晚上正是魔物活躍的時間，宵禁已經開始了。

「可惡！這些小雜魚就只會趁這個時候偷襲！」白陽從右手發射一道電波，將前面一排沙丁魚烤焦，清出一條通道。

他將墊板交給蒼言，要她摩擦他的頭髮，以維持電力。

接著，水母又出來湊熱鬧。

「哇，那些白白軟軟的是什麼啊？看起來很可愛啊，為什麼要打牠們？」蒼言問。

「喔。」

「白羊哥哥，你有沒有在聽我說啊！」蒼言生氣的捏了一下白陽的臉，迫使他將視線移回來。

「說什麼啊？」

「說為什麼要欺負棉花糖啊！」

「吼——那不是棉花糖啦！」白陽翻了一個白眼，接著說：「那是水母，是T島最可怕的東西！」

「為什麼最可怕？」蒼言好奇的問。

「不要問，就真的很可怕！不信妳可以去跟牠握手看看！」

「跟牠握手會怎麼樣？」

「糟透了。」白陽搖頭說：「輕則衰小，重則死亡。簡單來說，沒死掉的話，妳的人生會變得糟透！」

「糟透到底是什麼意思啊？」蒼言焦急起來。

「糟透就是很不順。開車鑰匙插不進去，寫字的時候筆自己斷水，走路走一走高跟鞋斷掉……用妳能體會的方式來形容的話，大概就是一個禮拜大便大不出來。」

「好可怕！」蒼言縮了身體。

「知道可怕了吧！」

白陽還想多渲染一些水母的恐怖，前方的冰川卻突然喊了一聲，並停了下來。

她從剛才開始就不知道在醞釀什麼，而白陽這才發現，四周的高樓都插著巨大的風車，他們已經來到了熟悉的領域。

「嘿，來到我的地盤了。」冰川彈了一下手指，所有風車都開始轉動。

沒錯，白陽記得冰川說過這裡是她的「絕對領域」，只要一踏進這裡，所有的魔物都只是小菜一盤——她是這麼說的啦，白陽不太領情就是了。

「妳想幹嘛？別亂來啊！」白陽不安的說道，並回頭望了一眼豬公。

冰川的瞳孔閃爍一下，宛如連眼眸都在微笑一樣，全身上下無一處不展現出她的自信。她擺開雙手，翻了一個筋斗伸展筋骨，身體彎成了優美的弧度——冰晶的粒子被釋放出來，隨著風車的帶動盤旋、結合、凝聚，在空中形成一支巨大的冰槌。

「齁齁齁！」變異豬公的耐性也被消磨殆盡，牠怒吼數聲，伸腳踢開一直阻礙在前的公車，拔山倒樹衝了過來。

「看招！」冰川清澈的高喊一聲。

風車的轉速一下子提升到極致，狂風從冰川身後灌出，夾帶著閃爍的冰晶粒子，旋轉著從她周身射向變異豬公。冰旋風衝擊了豬公，讓牠凍僵在原地，隨後那支巨冰槌也在風的帶動下飛過去，正對著豬公的頭敲了下去！

噗嗟一聲，變異豬公被狠狠的敲了頭。白陽原本還以為至少會是「砰」的聲響，沒想到冰晶槌卻像砸在沒骨頭的東西上一樣，噗噠的敲扁了豬公，讓豬公整個場成一片。

「哇，冰川姐姐好厲害！」蒼言震懾於這一幕，驚奇高興的拍著手。

「呵呵，怎麼樣啊？」冰川看向白陽，期待滿滿的希望聽到他的讚賞。

「別高興得太早了。」白陽嚴肅的說，並指向豬公的屍體。

都已經被冰川敲扁成一片糊爛狀，任誰都會覺得變異豬公已經死透，但此刻那些散掉的黏液卻開始聚集，像是有生命似的重新組成一個形體。

「復、復活了……？！」冰川驚呼，蒼言則害怕的躲進白陽懷裡。

然而，不僅僅是復活，那隻變異豬公好像覺醒了一般顫動著，糊爛的外觀從棕色變成了黑色，天地之間頓時瀰漫著一股不祥的氣息。

白陽吞了口口水，「我覺得很不妙……」

他話都還沒說完，橢圓形的豬公突然刷的一聲爆開來，像是長出觸手那般往四面八方湧去，霎時便已覆蓋所有能看見的地面，將城市變為一片黏糊海。

情況失控了，蒼言尖叫，冰川則差幾步被黏液擊中。白陽反射性的後退，一面高聲喊道：「天吶！為什麼支援還沒來啊！我可不想沾到那些東西啊！」

「已經沒路可走了，我們被包圍了！」冰川退到白陽身後，和他背靠著背，「那東西流過來了！」

「別再說了！我已經受不了了！而且如果妳有注意到環境係數，現在已經降到G了，是有史以來最糟的一次！」

「嗚嗚，白羊哥哥，我不要！」蒼言哭道。

他們已經面臨了四面楚歌的絕境，不僅被黏液包圍，變異豬公也正在重新成形。看到牠那猩紅噬血的雙眼在臉上長出來，宛如要撕碎所有的敵人時，白陽的心都涼了。

「難道我的一生真的就到這裡了嗎？我都還沒向蒼神兌換一百億……我的一百億……」說到心酸處，白陽眼眶泛紅。

黏液即將吞噬他們僅存的空間，就在眾人絕望之際，從豬公的方向突然傳來「叮叮」的兩聲。

一臺鐵鋼架子組成的畸形機器從豬公的肚子裡駛出來，輪子轉著轉著，模樣有多麼令人眼熟就有多麼令人眼熟——彎曲的鐵框交錯成一個籠子，整體而言卻又像極了火箭，看著便讓人不禁覺得火大，想問這鬼東西到底是誰設計出來的。

「這不是……我們在找的火箭機器嗎？」白陽驚訝，他差點忘了這回事，「回來了嗎？它自己跑回來了？被豬公那般這般之後就知道我們的好了？」

但火箭機器看起來已經不像之前的火箭機器了，它看起來就像……一輛腳踏車！

火箭腳踏車又發出叮叮兩聲，停到了他們面前，就像隻已被馴服的乖巧狗兒。

「冰川，這傢伙該不會……」

「對，它是來救我們的，別想那麼多了，快上來！」冰川一腳就跨上腳踏車。

「靠，妳坐到屎了啊！上面都是啊！」白陽雙眼爆凸。

「已經沒有選擇了，快點上來吧！」

白陽實在想不通她為什麼會這麼果斷爽朗，但在黑水淹到腳踝之前，他含淚坐上了腳踏車，蒼言則嚎啕大哭出來。

「走囉！」冰川抓緊把手，右腳一踏，帶著他們三人加一隻熊脫離黏液海。

變異豬公已經還原完成，在後方追著。冰川倒是騎得很輕鬆恣意，一面哼著歌、一面帶著他們逃離，和身後的豬公保持一段不近不遠的距離，也看不出她有哪裡緊張。

「妳這個人到底有什麼問題啊……」白陽已經無語了。

「嗯？」冰川回應了一聲，然後喀喀喀的轉動握把，「哇，這有三段變速耶！」

「……」

蒼言啜泣著，看起來很難過、很生氣。但因為很臭，空氣中瀰漫著惡臭，腳踏車又都是黏液，真的非常臭，所以她只能將臉埋在白陽懷裡小聲的哭著，鼻子不敢離開他的衣服，雙手也抓得緊緊的。

白陽被臭到受不了，幾乎快暈過去，於是他依樣畫葫蘆的將鼻子靠到冰川背上，用她身上的香氣當擋箭牌。

「羊。」

「……」

「羊！」

「幹嘛啊？」白陽回答。

「沒有，我只是要你看看旁邊。」

白陽轉頭一看，臉都黑了。

不知何時，他們的身邊聚集了一大堆的水母，以與他們一樣的速度跟著移動。

「哇，是棉花糖寶寶！」蒼言突然就不哭了，睜著水汪汪的大眼打量那些水母。

「那不是棉花糖，要跟妳說幾次，那是水母！」白陽不耐煩的糾正她，然後越想越不對，「喂，冰川，妳不覺得水母越來越多了嗎？」

「嗯，是因為這腳踏車的關係吧。」冰川回答。

「腳踏車？」

「對啊，你忘了嗎？這腳踏車原本是用來抓變異水母的，所以可以吸引水母也不是什麼奇怪的事吧？」

「原來如此。」白陽說，然後回頭看一眼，「提醒妳一下，那隻豬越來越近了，妳最好騎快一點。」

「可能沒辦法了……」

「沒辦法？蛤？」

「對啊，你看這個。」冰川移開一點身體，讓白陽看到腳踏車頭，「從剛才開始就一直有個東西在閃。」

「等等，這腳踏車有儀表板？！」

「對。反正你先看這個，好像是顯示動力，現在快到底了，速度也越來越慢……」

「這什麼鬼腳踏車啊！明明是妳自己用腳踩的，為什麼會需要動力啊！」

腳踏車好像被激怒了一樣，那格動力條一下子降到底，車子就這麼硬生生停下來，踏板連踩都不讓人踩了。

變異豬公急速接近中。

「……我們被包圍了。」白陽愣在原地。

那些一直追著他們的水母，數量已經達到一個很可怕的地步，牠們形成一道高大的牆重重的包圍他們。而後方，變異豬公也正在接近，他們完全沒有地方逃了。

白陽拿出他的墊板，卻突然手軟。他知道他和冰川無法一次應付這麼多水母，牠們一旦全部衝上來，難保誰不會被牠們握到手。

「來了！」冰川厲色喊道，在白陽恍神之際，她已經收起了開玩笑的態度。巨量的水母像棉被一樣從右側蓋過來，白陽立刻抱著蒼言和泰迪熊跳閃開來，同時用墊板摩擦自己的頭髮。

冰川也被包圍，白色水母團團聚集，一道冰晶的利刃從中穿刺出來，開出一條生路讓她翻滾逃離，跑來與白陽會合。

白陽還沒進入電羊狀態，他吃力的東奔西跑，躲避水母的追逐，一面用墊板使勁摩擦。這時的蒼言已經嚇壞了，根本無法幫上什麼忙。

「羊！小心啊！」冰川突然大叫。

眼前一道巨大黑影出現，撲鼻而來的是令人窒息的惡臭，白陽差點被熏昏——沒錯，他們的頭號敵人來了。

「齁齁齁齁齁！」變異豬公大聲咆哮，奔馳如雷。

白陽驚得向右一倒，躲過滴落下來的劇毒黏液，隨後豬公的手掌揮來。

「羊！」冰川的瞳孔驚得縮了一縮。

白陽跌坐在地，來不及爬起。他無法逃離，靜電的累積又還不足夠，他只能摟緊懷裡的蒼言驚懼的望著巨掌揮來！

「羊！」冰川尖聲叫道，不顧一切衝過來，這是白陽第一次聽到她發出這種聲音。

腥風襲來，伴隨著惡臭，白陽閉緊眼，腦筋一片空白。千鈞一髮之際，他聽到了詭異的噗嗤聲──一個巨大的黑色骷髏頭呼嘯而過，咬斷豬公的巨掌往另一頭飛去，救了他們一命。

變異豬公齁齁齁的咆哮，斷掌滴淌著黏液。

在一片混亂之中，有個人朝白陽走來。

遠處，那條已然沒車的大道上，他銀色的長髮飄逸，纖細的身材與白色的衣著讓他看起來像一道光。無視周遭的狼籍，他平靜的臉上帶著意味深長的笑容，舉手投足間都帶著一股超凡脫俗的神韻。

是老爹。

「老、老爹？！」白陽跌坐在地上，他從沒想過會是老爹來救他。

回想剛剛咬掉豬公手掌的骷髏頭，的確和老爹研究室裡的收藏品很像。

「齁齁齁齁齁！」斷了手掌的豬公發了瘋的大聲咆哮，不允許任何人忽視牠，就往老爹撲去。

老爹卻依然自在的走著，豬公在碰觸到他的瞬間，好像被什麼強大的防護罩彈開，嗚噎一聲倒在地上，一半的身體都燒焦了。

白陽注意到老爹的長髮飄起，剎那間閃過一道魔法的光芒。

但接下來所發生的事更加駭人，老爹持續從容地走來，但在他身後，那顆黑色的骷髏頭跳向倒地的變異豬公，巨嘴一張就吞掉了牠，喀渣喀渣地吃得一點也不剩。

白陽和冰川都處理不了的S級魔物，就這樣被消滅了。

白陽癱坐在地上，「這就是……」

「SSS級的實力。」冰川接著說完。

在冰川的攙扶下，白陽站了起來。他懷裡的蒼言則不知何時已經嚇暈了過去，稚嫩的臉蛋上滿是淚痕和泛紅的痕跡。

看著老爹走來，白陽有些畏懼的後退一步，並將蒼言藏起來，「老爹，你怎麼會來這裡？你是來救我們的嗎？」

老爹笑了一下，白陽訝異的發現，他手上拋的小球正是剛才吃掉豬公的那個黑色骷髏頭。

老爹：「呵呵，小羊受驚了啊，若不是我及時趕到，可能已經被這般那般了呢～」

白陽別開了目光，不與他那詭異的視線交會，「所以你到底為什麼會來啊？」

「環境係數都已經降到G了，主任臨時找不到人支援，所以就找我來了。」他坦白的說。

聽到「主任」這個詞，白陽的心揪了一下，想起了一件重要的事，「冰川，照老爹這樣講，主任很快就來了，我們動作要快啊！」他慌張的喊道。

「什麼動作要快？」

「妳忘了我們弄丟了紫色水母嗎？雖然中途殺出一隻豬公程咬金，水母還是要找回來啊！」

稍微沉澱了沉澱心情後，白陽去把那臺火箭籠子腳踏車等等的四不像機器撿回來。

「紫色水母、紫色水母，到哪裡找紫色水母啊！」白陽急得跳腳，一面和冰川清理腳踏車上的豬公黏液。

過程中老爹一直興致勃勃的在一旁看著，白陽也不知道該怎麼跟他解釋，只能拜託他不要把看到的事情講出去。

對此，老爹先是笑了一下，然後別有深意的說：「我只是有些訝異，原來這臺儀器跑來這裡了啊，主任也沒說什麼就跟我借。」

「啊？」白陽愣了那麼半秒，然後吃驚的問：「老爹，這東西難道是你發明的？」

「是的。」他勾起嘴角，「喜歡嗎？」

若不是眼前的人是老爹，白陽早就拍桌翻臉，掐著對方的脖子把人掐死了。他一直在想到底是誰發明了這種天殺的東西，如此看來，果然是老爹沒錯。

但冰川卻和老爹聊起來：「其實還滿不錯的，但我建議多一個滑翔翼會更好。」

「呵，我有想過呢，但最後我改裝了天線，因為我想說小羊發電時可以用到，參考天●寶寶的。但你們好像沒有用到呢。」老爹翻了一下機器底座。

「你們兩個到底有什麼問題啊！」白陽都快把白眼翻出來了，看著眼前熱絡討論起來的兩位，他整個無言。

▶◎◀◎▶◎◀

之後，白陽和冰川回頭去抓了那堆還聚集在那裡的白色水母，一隻一隻把牠們泡到紫色顏料裡染色，然後塞進火箭籠子——這主意是冰川建議的，白陽原本崩潰的反對到底，覺得她根本是在耍腦殘，但最後還是捂著臉同意了。

他們將裝滿了假紫水母的機器搬回原地，然後曾主任就來了。

「嘖嘖，唉，真是……」他匆匆的走來，好像剛開完一百場會議那樣的疲憊。而一看到老爹，他就堆出笑容，恭敬的說：「老爹，真是謝謝你了，好險有你支援，不然我都不知道要怎麼辦了！」

「不會，我也覺得很有趣。」老爹輕笑。

「主任，出現了S級的變異豬公啊！會搞成這樣絕對不是我們的錯，不信你可以問老爹！還有很多人看到！」白陽急著插嘴，就怕被追究責任。

「我知道，我在第一時間就知道了，剛剛才去會勘現場。」主任看向他們，擦了一把額頭的汗，「媽的，今天又剛好總部的督察來視察轄區的狀況，我才在想絕不能出錯，果然馬上就給我出錯了！偏偏給我挑這個時間出包，這種S級魔物一定會通報到上層列管，之後我肯定報告寫不完，真是有夠衰小！」

白陽頓時啞了，他很少聽主任罵這種粗俗的話。

「但到底為什麼會出現S級魔物啊？我來這裡這麼久，還是第一次看到欸！」白陽皺著眉問，「而且出現的時間點也很奇怪啊，明明六點後才是魔物出來的時候，牠竟然五點多就出現！」

曾主任沉默了一會兒，然後說：「我個人覺得，這個T島開始變得奇怪了。」

「變得奇怪？」

「對，就如同你們說的，這個時間點根本不該出現魔物，更別說是S級的魔物。」主任說，並沉下了臉色，「T島最近越來越不穩定了。」

他接著說：「我自己做地區主任是最清楚的，看最近的統計報表就知道，這個城市的環境係數越來越不穩定。原本係數良好的地方，一下子就能降到C或D，像之前在市中心就突然出現白海豚；今天這裡更誇張，出現S級的魔物，係數直接降到G。」

「怎麼會這樣？」白陽皺眉。

「不知道，但苦的是人民。你想想看，原本就已經夠慘了，物價一直上漲，油也漲電也漲，只有薪水不會漲，房子又買不起。現在還三兩頭跑出一隻S級魔物，人民根本不用活了！」曾主任搖搖頭，「嘖，拜託，今天被變異豬公弄垮的房子，有很多都剛貸款而已呀，我看那些人都哭了。」

「……」白陽和冰川都說不出話來。

「只希望接下來不會再發生麻煩的事情。」主任嘆了口氣，「今天的事雖然不會怪到我頭上，但還是搞砸了。偏偏又剛好督察來，這麼好的機會竟然給我出包！」他變得洩氣，「算了，天曉得這鬼島到底在搞什麼鬼！我只祈求接下來能夠關關難過關關過，在我的任內不要出什麼大差錯。」

「說到這，主任，聽說今天不只總部的督察來，連政風室都派了一堆人來不是？」老爹突然問道。

「對，連我也嚇一大跳！說到這……」曾主任突然壓低聲音，示意三人湊近，「今天不只政風室，還有一堆會長的親信來，比督察還高的官多的是。聽說是聯盟裡出了間諜，還是個大間諜，上次公司分部的爆炸案就是他策劃的。」

曾主任的聲音越來越小，表情更加嚴肅，「整個聯盟的氛圍都被搞得陰陽怪氣的，大家都怕得要死，好像白色恐怖一樣。你們也知道會長的個性，他一定會把那個間諜找出來，剝了他的皮。他那個人根本是個瘋子，既殘虐又恐怖，光是看到他那些整肅用的錦衣衛部隊，大家都快挫屎了！」

白陽吞了口口水，非常能理解主任的話，也完全不訝異那麼會恭維上司的主任竟然這樣說他的大老闆。

沒錯，所謂的會長，指的就是環控聯盟會長，他是整個集團的首領，也是白陽和冰川等人的大老闆。剛加入環控聯盟時，白陽和冰川都曾見過會長一面，那次的經歷糟透了，連毛骨悚然都不足以形容，到現在都還會讓白陽做惡夢。

身為環控聯盟之首的會長，其行事作風可怕到令人髮指。世人對他只有一個稱呼，就是「魔鬼」。

「反正你們給我聽好，最近將會風波不斷，皮都給我繃緊，別給我捅婁子！——哎呀，抱歉老爹，我不是在說你，我是在說這兩個傢伙啦～」

白陽信誓旦旦的說：「我們是最不會捅婁子的，這點就請你放心好了。環境係數控制良好的話，我們就會回家睡覺，絕不會到處亂跑，尤其絕不會去亂撿泰迪熊，或者讓水母黏在頭髮上。」說到這裡，他看向冰川說：「是吧，冰川？」

「……嗯。」冰川的表情定格了三秒，笑得有點難看。

「真是那樣最好，我最擔心的就是你們這一組。能力是很強，但就是年紀太輕、經驗不足。」曾主任感慨的搖搖頭，然後看向一旁，「話說，我怎麼覺得這機器怪怪的？」

事情終於回歸到了那臺火箭機器上，好戲上場了。白陽立刻緊張起來，拉著冰川站到旁邊，心底拚命祈求不要出什麼差錯。

冰川倒是微笑地搭住他的肩，一副「一定沒問題」的表情。

「你、你說什麼怪怪的啊？主任？」白陽心虛的問。

「這機器我感覺怪怪的啊，一開始它是擺這樣嗎？」曾主任疑惑的問道，伸手就掀開布幕。

牢籠中，紫色的水母擠在一起，軟軟的腦袋搖來搖去。白陽睜大了眼，就怕有哪隻水母沒有塗到色，露出破綻。

「奇怪，怎麼有一股屎的味道？是誰踩到狗屎了嗎？」曾主任的眉頭皺得更深。

白陽冒了冷汗，「哈，一定是我和冰川的味道啦！我們剛剛在打那隻變異豬公，踩到牠的黏液了！」

「但我感覺味道是從機器這裡發出來的。」

「是你的錯覺啦！這臺機器又沒人動過，怎麼會有屎味啊！」

「奇怪，你為什麼要一直跟我解釋？跟你有關係嗎？我沒有問你啊。」曾主任說。

白陽趕緊閉起嘴。

接著曾主任瞇著眼盯了一下裡頭的水母，疑心更重的說：「怪了，這水母的顏色怎麼不太對勁？」

「哪裡不對勁啊？」白陽忍不住開口。

「老爹，你不覺得這水母的顏色怪怪的嗎？」曾主任回頭問道。

「完全不覺得。」老爹想也不想就回答，臉上勾起深笑。

「……嗯，好吧，那可能真的是我的錯覺。」曾主任放下布幕，「時間也晚了，你們都快回去吧。老爹，真是辛苦你了，我改天再請你吃一頓飯，鄭重向你道謝。」

「不需要，今晚很有趣。」

「呃，是嗎？那你們兩個——」曾主任回過頭來看向冰川白陽，「你們也快回去了，把轄區給我看好。等會兒督察要來，你們快走，別把屎味留在這裡！」

白陽當然恨不得趕快逃離現場，但心裡卻又七上八下，覺得這整件事破綻百出。而在他們走離沒幾步，果然聽見後方傳來：「奇怪，他們兩個都走了，怎麼還有屎味呢？」

白陽才在心裡慘道「完蛋了」，便感覺自己的手被握住。

冰川對他使了個眼色，以那無敵的微笑中斷他心中的糾結，然後便像逃命似的帶著他逃離，兩人手牽著手飛奔。

巷口，巨斧泰迪熊揹著熟睡的蒼言已等候多時。

工作結束，等會兒白陽就可以大睡特睡，把事情都丟給冰川；即使不睡，他也能懶成一團爛泥。但此刻，他卻突然有股奇異的衝勁感，莫名的、旺盛的……

看了看右方的冰川，左方的蒼言和泰迪熊，他還是不解，但他不由自主的笑了。

三個人加一隻熊，踏上了歸途。

06

誰想炸了蒼神鐵路？

蒼言已經和白陽與冰川同住了一段時間，當初冰川動點腦筋做成的床已經成了她的小窩。曖昧來講，她是和白陽睡在一起的，她的床就擺在白陽的房間裡，好讓她能夠在睡覺前跟她的白羊哥哥道晚安。

蒼言已經熟悉了生活上的一切，和冰川、白陽就像家人一樣。她會在早晨叫愛賴床的白陽起來，又是推他又是掀棉被的叫：「白羊哥哥快起床～太陽都晒屁股了啦！」

有時她一人叫不起來，就和冰川一起叫，非得把這頭懶羊挖起來不可。

當然，蒼言仍不放棄想為他們做點什麼，因此有時仍會有一些鬧劇發生。例如一打開門，家裡的櫃子衣架倒了滿地，蒼言握著掃把哭站著；或者晚餐時間，餐桌上又出現一堆黑色飯（神）團（器），謎樣的食物讓白陽和冰川吃也不是，丟掉也不是。

白陽很滿意現在的生活，有冰川、有蒼言、又有一隻寵物熊在，他開始有一種「家」的溫馨感。雖然他覺得很羞赧不想承認，但他心裡是知道的。尤其每天早上看到蒼言和冰川在他床邊，一個睜著可愛的大眼要他起床，一個微笑的喊著懶羊懶羊，他就會覺得今天是個美好的一天。

「熊熊，這是我泡的喔，還是你要吃飯飯？」

風和日麗的早晨，白陽打著哈欠正在看報紙，蒼言拿著奶瓶從他身前走過。

泰迪熊被綁在嬰兒椅上，準備要被餵奶。比起一開始的凶殘模樣，牠已經不再反抗了，更別說表現出一些暴力行為。此刻的牠直盯著奶瓶，吐著短短的舌頭激動地揮舞四肢，好像過動兒一樣。

「哼。」白陽從報紙上方看了一眼，搖搖頭覺得沒救了。

「吃飯囉。」冰川此時端著一鍋熱湯，從廚房走出來。

她穿著淺色的圍裙，捲起的袖子露出潔白的一截手臂，她的髮絲因著後方廚房透來的光線而閃爍，溫和的笑容和姣好的身材令人移不開目光。

白陽從報紙後方凝視著她，感覺自己完全醒了。

「吃早飯了喔，是玉米濃湯。」她微笑地說，並撿起白陽亂踢的脫鞋。

「喔。」

「對了，白玲姐好像有打電話過來，我沒接到。」

「終於打來了嗎？」白陽放下報紙。

雖然相處有一段時間了，但白陽可沒忘記蒼言是暫住在他們這裡的。當初是為了保護她的安全，躲避太陽院的追殺，才會秘密住在他們家。

這段期間他們也想盡了辦法要將她送回去，卻一點也沒轍。白玲承諾過要替他們聯絡蒼神，讓他派人把蒼言接回去，但眼見十天的期限早已過去了不知多久，她卻一直沒有消息，直到今天……

「她什麼時候打的？」白陽問。

「一個小時前吧。」冰川回答。

「只打一通嗎？」

「對。」

白陽頓時有股不好的預感，依他對姐姐的了解，她沒事不會打電話來；然而，既然她打來了就一定要找到人，不可能只打一通沒人接就放棄，因此──

「冰川，妳做好準備，我姐可能要來了。」

「咦？什麼？」

「我說我姐要來了，她不是正準備趕來，就是正在趕來的路上，否則不可能只打一通電話就不打了。」白陽捂著自己的臉頰，有種臉即將被親腫的恐慌感，「我姐一定衝過來了！她要直接來找我們！」

他話才剛說完，門鈴就響了，接著不知是沒關好還是怎樣，大門砰的一聲就被推開來，一個閃閃發光的女人出現在玄關。

她的頭髮簡潔地挽在後方，剪裁俐落的套裝以及刻意戴上的眼鏡都讓她顯現出一股知性的韻味，黑色的絲襪更帶有一種不失端莊的成熟美感。

白陽捂住臉，對於白玲這樣戲劇性十足的登場一點都不覺得訝異。但他卻突然發覺不對勁——

「弟！冰川！」白玲氣喘吁吁地喊道：「把蒼神的女兒帶著，現在就跟我走！」

「咦？什麼？」在場的三人加上一隻熊都愣住。

「快點，沒聽到我說什麼嗎！」

雖然搞不清發生了什麼事，但面對如此緊急的狀況，白陽和冰川也只能照做。他們將重要的東西都帶上，牽著蒼言的手就跟著白玲離開。白陽這才留意到白玲的髮型有些凌亂，不斷的喘著氣，一副匆忙趕來的樣子。

「把蒼言藏起來，你們想讓其他人發現嗎？」白玲不耐的說：「別忘了她的身分不能曝光，會引來殺身之禍。把大背包拿出來！」

白陽愣了，「妳叫我帶大背包，該不會……？」

「對，快把她裝進去，揹在背上！」

幾人都是一副訝異表情，蒼言更是一臉要哭出來的樣子。但除此之外，沒有更好的辦法，白陽只得照做，他將蒼言藏進大背包，拉開一半拉鍊留縫隙讓她呼吸。所幸蒼言的身形嬌小，這個方法行得通。

至於泰迪熊，只能讓牠先躲在家中了。

「姐，我們到底是要做什麼？什麼事這麼緊急？」白陽快步跟上白玲的步伐問道。

「今天就要把蒼言送回去。」白玲簡短的說：「這是唯一的機會了。」

「為什麼是唯一的機會啊？」白陽一頭霧水，「而且為什麼不是蒼神派人來帶她？我們這樣不會太危險嗎？」

「如果真的能像你說的那樣，我也不用這麼麻煩了。」

在趕路的過程中，兩人聽白玲娓娓道來。這時白陽才知道，原來白玲一直無法與蒼神接觸，其他的管道也都行不通，所以縱使她手中握有蒼言的下落，也無能為力。

但這並不是白玲的失誤，她當初說十天，就真的能在十天內辦到。她之所以會失敗，是因為她低估了蒼神頹廢的程度。

蒼言的失蹤讓蒼神鬥志盡失，不再踏進公司，也不處理任何正事。他甚至連家門都沒出，以他為主的十個保鏢團跟著全都神隱，消息完全被封鎖起來。

面對如此狀況，整個蒼神集團都處於群龍無首、大臣們見不到皇帝的窘境。白玲原本想透過熟識的人和蒼神身邊的親信取得聯絡，再進一步讓蒼神知道蒼言的事，但現在搞得連那些親信都避不見面，她根本一點方法也沒有。

「現在要見蒼神的下屬，都比以前要見蒼神本人還難了。」白玲抱怨道：「就連我上司的上司、總公司的一級主管，也完全不知道蒼神現在的狀況。甚至還傳出他已經病危的消息，鬧得整個公司人心惶惶。」

「真的病危了嗎？」白陽驚駭的問。

「我不知道，但皇帝再不上朝，這個集團就真的會垮，國家也會垮。」白玲擔憂的皺起眉，「尤其……你知道嗎？若你以為能用一般人的普通管道，如電視上那個協尋專線把蒼言送回去的話，就大錯特錯了。不只是你們說的，有疑似僧侶的人在追殺蒼言，就連蒼神內部也傳出有間諜，我根本不敢亂講這件事，連我主管都不敢講！」

「蒼神身邊有間諜？」

「是傳聞而已，但很有可能是真的，畢竟這次蒼神集團的危機已經把很多老鼠都引出來了。」

「老鼠？」

「沒錯，現在蒼神傳出病危，就是奪權的大好時機。剛才沒說清楚的是，並不是蒼神所有的秘書都神隱，總有幾個會出來代政、發言，但那幾個我完全不敢信任，誰知道他們是不是懷著鬼胎，想一鼓作氣連蒼言都殺掉？」白玲說：「那些秘書就像皇帝身旁的太監一樣，別想說他們是蒼神的親信就能夠信任，很多消息搞不好還沒傳到蒼神耳裡就被他們擋掉了，例如蒼言的下落！」

聽完白玲的這一番話，白陽才明白，要將蒼言平安送回蒼神手中究竟有多麼困難。

「這絕對是蒼神鐵路有史以來最大的危機！若蒼言沒辦法回去，蒼神很有可能會就此消失在檯面上，今後的集團便會被那幾個秘書操弄在手中。」她憂愁的看向白陽，「你能想像沒有蒼神的蒼神鐵路嗎？」

「我只知道全民的薪資已經倒退二十年了。」

「沒錯，蒼神一旦垮臺，這個國家也差不多滅亡了。」白玲嘆了口氣。

白陽：「所以姐，我們現在到底在這裡做什麼？妳想到了什麼好的計畫嗎？」

回歸場景，現在白陽等人身處在一個車站裡。氣派的大廳華麗非凡，廣播聲清楚明瞭，剪票口就在前方——這不僅是車站，還是蒼神鐵路的車站。

「我們要趕在十一點前到達一個地方。」白玲將車票插入剪票口，領著眾人匆忙踏入月臺，「這或許是唯一一次能夠將蒼言送回去的機會。」

所以到底是什麼機會？這才是白陽想問的。

他揹著裝蒼言的背包踏入火車車廂，在白玲身旁坐下，卻怎麼看都覺得自己和冰川很突兀。

蒼神的火車基本上都只載貨物，或只開放給他們的員工乘坐。眼看車上都是穿著襯衫、西裝的上班族男女，白陽不禁覺得自己和冰川格格不入。

白玲在此時回應了白陽剛才的提問：「我一直在關注蒼神那邊的消息，如今總算盼得一個千載難逢的好機會。」她勾起嘴角，「今天蒼神的某個秘書將會蒞臨集團在中部的區域總公司，他叫做立德，跟隨蒼神多年，是我少數信得過的其中一個秘書。」

「所以我們現在要去找他？」白陽問。

「對，但也不算是去找他，我的層級還差他太遠，根本不可能接觸得到他。事實上我原本也不可能進入總公司……你就不知道這到底有多難得，剛好我的上司請假，我才有機會能代替她去開會，所以我馬上衝過去帶你們來。但我開會的地方又只是在二樓而已，根本和遠在三十幾樓的他天差地遠！這就好像只勉強拿到一張門票可以進大門，但要遇到他根本還差得遠一樣！」

白陽根本聽不懂她在說什麼，直問：「所以我們到底要怎麼做啦！直接把一百億元丟給他嗎？」

「什麼一百億元？」

「就是蒼言啦！」

「當然不是！」白玲皺眉，「我剛不是說了？以我的層級，根本不可能見到他。」

「所、以、到、底、要、怎、麼、做？」白陽快火大起來。

「不許跟姐姐這樣講話！」白玲直接捏住他的臉，啵的像橡皮筋一樣彈回去，「我說了，我們費盡千辛萬苦只是拿到一張進公司的門票而已，接下來就要靠運氣了。」

「靠運氣？」白陽揉著通紅的臉頰問。

「對。」白玲的眼神犀利起來，「我開會的地點在二樓，二樓以上每個樓層都有管制。你們到達後就往上衝，想盡辦法也要衝到三十樓，把蒼言帶給那個秘書。」

「妳瘋了嗎？！竟然叫我們闖蒼神的大樓！」

「沒辦法，這是最後的手段了，錯過這個機會就什麼也沒了。」白玲果斷道，「姐姐沒你們跑得那麼快，我會盡量帶你們往上走，看依我的層級能夠用騙的方式上到幾樓。接下來就要靠你們衝了。」

白陽臉都黑了，他怎麼想也沒想到個性精明的白玲竟會出這種餿主意。但他卻明白，若不是真的沒辦法，白玲也不會出此下策，畢竟——

「畢竟你是我最愛的弟弟啊！若不是真的沒轍，我怎麼忍心把你推入火坑呢！」白玲撲向了白陽，噘起嘴唇就往他臉頰親去

「走開！」白陽掙扎地大吼。

「哎呀呀，真的好可愛喔，嗯~嘛！」白玲的頭上一堆愛心冒出來。

「哇！噁心死了！別親！滾開！」白陽抓狂地說。

宛如猛然發覺身旁坐著的是小綿羊一樣，剛才明明一臉嚴肅的在交代事情，現在心情一沉澱下來，白玲才發現她最寵愛的弟弟就在眼前，於是露出了大野狼一般的本性。

「你都不知道姐姐有多想你，哎哎哎～好可憐喔剛剛右臉被我捏，來，親一個～」

「滾開，我要和妳斷絕姐弟關係！」白陽漲紅了臉，死推活推的才總算脫離白玲的魔爪。

此時，白陽身旁的背包晃動了一下，拉鍊被撐開，蒼言探出了頭來，宛如被悶壞的土撥鼠一樣。白陽趕緊用身體將她遮住，不讓其他人看見。

蒼神鐵路是全國最先進的地上運輸系統，不管是硬體設備、運輸效率，還是整體的管理，都遠勝於其他交通工具。

除此之外，蒼神的鐵路還配備了一項技術，讓它冠絕全國，而且遠遠拋開其他競爭者——蒼神所有的火車和鐵軌都裝備了一套能讓魔物自動迴避的系統，讓火車和鐵路不受環境係數威脅。

要說鐵路是蒼神集團的根基，是一點也沒錯的。六點過後T島氣場發威，魔物開始出現，蒼神就是T島夜晚的帝王。只有他的鐵路能夠倖免於魔物的攻擊，就這麼在人們休息沉睡之時，夜夜不停地掠奪財富。

對此，有時白陽會突然驚醒感到氣憤，卻又訝異、無奈於這一切的默默發生。蒼神的掠奪就像溫水煮青蛙，乍看之下生活依然穩定和諧、太陽依舊升起，但在不知不覺之中，人民的財富卻全進了一個人的口袋，造成了如今低薪的悲慘處境。

蒼神將T島的貧富差距拉成了如天堂與地獄般的極端值，造就了假的繁榮，令人不敢恭維。蒼神的富有已經遠遠超過富可敵國的程度，他掌握著T島九成以上的資源，國家有多少錢他就有多少錢。這誇張的情形前所未有、史無前例。

但總有一天——白陽這樣想著，總有一天，人民一定會反撲的，而且那一天很快就會到來，他有這個預感。

「冰川。」

「……」

「冰川！」

火車仍在行進中，白陽叫了冰川幾次，卻都不見她回應，他索性推了她一下，「冰川，妳幹嘛啊！」

冰川轉過頭來，露出茫然的表情。她剛剛一直低著頭發呆，不知道在想什麼，且在更早之前白陽和白玲講話的時候，她也一直在恍神，完全沒插話。但看她的表情，又不像是在思索白陽和白玲的對話。

白陽不禁覺得納悶，她最近老是這樣，常常發呆，有時還會露出心事重重的樣子。白陽真的不明白，樂觀開朗的冰川究竟會有什麼心事呢？

「冰川，妳有聽到我的話嗎？又發呆了喔！」

「沒、沒有啊！」冰川回過了神，露出尷尬的笑容，「叫我幹嘛？還沒到站吧？」

「我問妳剛才在想什麼，為什麼恍神！」

「啊？我沒有恍神啊。」

「明明就有！」

「我……沒事啦！」冰川面有難色的搖頭。

白陽瞇起眼盯了她一下，實在是看不出什麼所以然。冰川不說的話，以他們的互動模式，白陽也很難再問下去。且白陽的個性又是標準的不想惹麻煩，念頭一轉他便懶得問了，也不想知道了。

「所以剛才我和我姐說的，妳有聽清楚嗎？」白陽問。

「嗯？是指哪個部分？」

「當然是全部啊！她要我們不顧警衛的阻撓去闖蒼神的大樓，妳難道不知道嗎？」

「哦，我知道啊，就闖嘛。」

「什麼叫『就闖嘛』！」白陽怒指著她的鼻子，「妳根本沒搞清楚狀況吧！」

就在此時，隔壁車廂突然傳來喧譁聲及尖叫聲。車廂連結處的門打開，一堆人推擠著湧進來，動作之激烈使得整個車廂都搖晃了起來，讓在座的乘客都看得傻眼。

「怎麼了？」白陽站起。

混亂之中不知是誰喊了一句：「有炸彈！」場面便完全失控了。

宛如恐怖攻擊來襲般，所有乘客都往車廂的另一側衝，白陽等人也跟著慌張起來。

「他們說有什麼東西？炸彈？」白陽疑惑的問：「為什麼會有炸彈？」

白玲沒有回答他，她站定著，露出的沉思表情，無視眾人如潮水般尖叫地從她身旁穿過。然後她說了一句：「走！」就大步往炸彈所在的車廂走去。

「喂，什麼走啊？妳要走去哪啊！」

「走吧，羊，我們去看看炸彈。」冰川說。

「……無言欸。」

穿過許多連結門後，目的地車廂已空無一人。所謂的炸彈就裝在一個袋子裡放在座椅底下，袋子卻已經被撕開來了——它的外觀就是一個黑盒子，除了不停發出滴滴答答的聲響外，盒子正面也印著ＴＮＴ（注：黃色炸藥）的字樣，還有黑色骷髏頭的圖案。

「呵，我說這東西還真的有點像恐怖分子的那種炸彈呢～」白陽說，隨後哇啦一聲叫出來：「但到底是哪個恐怖分子會直接在炸彈上面印ＴＮＴ啊！」

「重點是，這真的是炸彈，又剛好裝在控制室隔壁。」白玲一臉嚴肅的說：「看來有人想炸毀蒼神的火車，剛好被我們遇上了。」

白陽吃驚的說：「蛤？竟然有人想炸蒼神的火車，這到底是怎麼回事？！」

「你們有看到這旁邊印著小小的太陽記號嗎？」冰川指著黑盒子。

「欸欸欸欸？！」白陽露出錯愕的表情，白玲也愣住了。

在黑盒子的側邊，確實有太陽的記號，是太陽院的標記。

「現在是怎樣啊？有人在蒼神的火車上放炸彈就算了，凶手竟然還是太陽院？！」

白陽已經吃驚到不行了。

近期他才剛深刻的了解到太陽院正在擴張勢力，野心浮出檯面，現在竟然就發生了他們要炸毀蒼神火車的事！這已經超乎他的想像了，而且他可沒忘記太陽院也一直在追殺蒼言。

但，他突然想起了白玲說過的話。他看向白玲，問：「姐，難不成，這也是有人要陷害太陽院？！」

白玲沉默了一下才說話：「對，事情其實很簡單。」她凝視著炸彈，眼神犀利起來，分析道：「這樣對照起來就幾乎可以確定了，像我之前所講的，救蒼言的那天晚上你們所看見的，是有人想陷害太陽院。現在這個炸彈也一樣，明顯也是嫁禍。縱使太陽院想擴張勢力，也不可能和蒼神起這麼大的衝突，更不可能用這麼蠢的方式，直接將自己的記號印在炸彈上頭。」

白陽點點頭，「對啊，要是真的想炸火車，誰會笨到在炸彈上頭印TNT，還印上太陽印記告訴大家我是誰……這一定是有人想陷害太陽院！」

白玲：「是的，那麼這起恐怖攻擊不管是成功還是失敗，他們的詭計都達成了，他們就是要挑起蒼神和太陽院之間的衝突。只不過，我不認為蒼神會上當，這種拙劣的手法頂多造成一些話題，明眼人一看就看得出來。」

白陽不禁贊同的點頭。陸續發生的這兩起事件，一起是僧人們追殺坐在白海豚上的蒼言，另一起則是此刻的火車炸彈案，都是有人要陷害太陽院所策劃的，但他們的手法卻很爛，連白玲都能發覺他們的詭計了，更遑論蒼神。

之前他們一直警戒著有太陽院的人要殺蒼言，其實應該說是假的太陽院才對！

「有人敢在蒼神的火車上放炸彈，這無疑是對他宣戰。你們必須明白一件事——」

白玲露出別有深意的表情，「無論如何，無論此刻的蒼神有多頹廢，甚至重病在床，他仍是這個T島的帝王。」

「我知道啊。」白陽說。

「不，你並不明白我的意思，你並不明白那個男人有多麼強大。」白玲搖頭，「記得我和你們說過嗎？只要他肯，一個晚上就能清除島上其他兩個勢力。」

「……呃……嗯，記得。」

「所以和他比起來，正宗上人的地位雖然至高無上，但他所擁有的畢竟只有抽象的民心。在這個島上，唯一喊水會結凍的仍舊只有蒼神，只有他握有實權，真正的帝王只有他一個。」

白陽不太明白白玲在嚴肅什麼，他笑道：「哈，姐，看來妳很崇拜他啊！我還是第一次聽到妳這樣稱讚別人。」

「這不算稱讚吧。」白玲嘟噥了一聲，「但對他有一份認同感倒是真的，因為我只看得起強大的男人，而且他也是我的終極大老闆。」

「喂，容我提醒妳一下，蒼神已經結婚了，何況他的女兒就在我背上。」

「知道啦！你在想什麼啊！」白玲翻了個白眼，然後突然就嘿嘿嘿笑出來，勾住白陽的脖子，順道一提，在這個世界上我最愛的男人只有一個喔，你猜猜看是誰～」

「滾開！」

「哈哈答對了，嗯～嘛！」她猛親了白陽的臉頰，「姐姐一輩子單身都沒問題喔，因為我有一顆愛弟弟的心～」

「滾！」

「白羊哥哥，白玲姐姐，其實我一直想問……」蒼言在此時支吾的開口：「炸彈是不是會爆炸啊？」

「當然啊，妳沒聽它一直滴滴答答在叫嗎？」白陽將白玲踢走，對蒼言露出「妳這個小呆瓜」的表情。

蒼言不解，「那……我們為什麼還待在這裡？不是會被炸死嗎？」

全部的人頓時都愣住，包含一直在研究炸彈的冰川。

白陽崩潰地抱住頭吶喊：「對喔！會被炸死啊！」

比起剛才，黑盒子炸彈的滴答聲變得越來越急促，預告著已經快要爆炸了。白玲也不多說什麼，兩手各拉著白陽和冰川就往連結門跑去。

紅色警示燈閃爍不停、警報器大響，其他的乘客早已經集中到了列車員所引導的安全車廂。

白陽疑惑的是，火車的速度絲毫未減，完全沒有要停下來的趨勢。就算沒辦法立刻到達下一站，照理講也可以在鐵軌上停下來，讓乘客們先行下車逃走才對。

之後聽到廣播聲他才明白，火車之所以不減速是因為——裝設炸彈的那群恐怖分子破壞了火車的控制系統，讓它不能停下來。

「完蛋了啊，死定了！」白陽絕望地說道。

而看起來很專業的列車員則突然說：「請各位不必擔心，本公司一定會保護所有乘客的安全。這節安全車廂經過特別設計，裝載了戰爭級的防衛系統，兩側的閘門都已經降下，足以承受十次以上的導彈攻擊。故即使炸彈爆炸，待在這節車廂也能保證各位安全無虞。」

白陽張著嘴，完全說不出話來。這是他第一次由衷地佩服蒼神，並有種熱淚盈眶的感覺，「好險蒼神這麼有錢，把他的火車弄得這麼高級！」他吸著鼻子說。

「廢話，我老闆可是很令人放心的。」白玲驕傲的回答。

連火車的駕駛長都在，顯然所有人都來這節車廂避難了。白陽放下心來，和冰川找了個位置坐下，並偷偷拉開背包的拉鍊讓蒼言透透氣。

但白陽仍十分疑惑，到底炸彈是誰裝的呢？是誰想要挑撥蒼神和太陽院之間的關係？今後會不會有更嚴重的事發生呢？

除此之外，他也突然收到來自曾主任的訊息，說在轄區的市中心出現了少量水母，要他們也注意一下。但他現在處在即將爆炸的火車上，哪有辦法回去呢！

然而，這則訊息有個不對勁的地方：現在明明是早上，是T島氣場最薄弱的時候，但竟然出現了水母？！

回想起之前那頭下午出現的變異豬公，白陽的心一沉，所謂六點以後魔物才會跑出來的規則已經形同虛有，而這已經不是T島氣場穩不穩定的問題了。

這座鬼島，到底怎麼了？

白陽總覺得有一件大事即將發生，很快的，T島就會掀起一場驚天動地的風暴。

「嗚哈～」白陽打了個哈欠，有股睡意湧上來。

炸彈爆炸了。

一陣衝擊襲來，讓車廂震動了一下，但也僅是小小的震動而已，讓人不禁佩服這節車廂的堅固程度。

爆炸仍在持續，白光及火焰在窗外劇烈捲動、蔓延，卻只是徒增白陽的倦意。在那炸裂的火光之中，他隱約看到了一個模糊的身影——那修長纖細的背影融在白色之中，似曾相識；其身後一抹飄逸的銀色，更是熟悉。

在闔上眼皮前，一個迷濛的眼神瞥來，讓白陽腦裡迴響起一陣模糊媚惑的聲音——

「哼，真是令人沉醉啊～」

07

為了一百億，爬也要爬上三十樓！

爆炸結束後火車全毀，唯一倖存的一節車廂飛落在外，包含車廂本體和裡頭的乘客都毫髮無傷。

蒼神鐵路的工作人員很快就來救援，也立即展開調查。但白陽等人可沒有那麼多時間拖延，他們立刻離開現場，換乘其他交通工具趕往他們的目的地。

沒錯，他們可沒忘記此刻最重要的任務，是要將蒼言帶回蒼神身邊。

「馬上整理一下儀容，等一下要裝成是我的助理，可別露出破綻了。」

很快的他們就到達一棟商業大樓，白玲邊說邊領著白陽和冰川走進大樓裡。

踏入大廳後，場面沒有白陽想像得那麼華麗，就是一個車子的展示會場，似乎與白玲的公司沒什麼關係。且情況也沒有那麼緊張，來來往往的人很多，但他們都各自忙著自己的事，沒人來確認白玲等人的身分。

「走吧。」白玲說道，搭著電梯就帶著兩人上二樓。

白陽記得白玲是在二樓開會，電梯門一打開他們便走入某個招待間，果然有人來接應。聽對方一人一口的奉承，白陽才知道原來姐姐是今日這場會議的主席。而這也是他第一次知道白玲的職位是公司的副總經理，他一聽就覺得很了不起。

「副總，這是等一下要用的資料。」一個留著八字鬍的男人將一疊文件整理成可用資料夾攜帶的量，似乎非常了解白玲做事俐落的個性。

「知道了，先放我桌上。他們到之後，你先讓他們等著，會議延後半個小時開。」白玲說。

「半個小時嗎？」他露出疑惑的表情。

「對，就是這樣，有什麼狀況隨時聯絡我。」說完，白玲朝白陽及冰川使了個眼色，帶著他們走出房間，又進入電梯。

「要開始了嗎？」白陽緊張的問，並調整了一下背後的背包。

「對，但我想我最多只能上到七樓。」白玲如此說道，並按下七的按鈕。

白玲所說的那位蒼神秘書在三十樓開會，因此他們必須想方設法到達三十樓，但這幾乎是不可能的任務。

白玲的權限能上十樓已經是極限，接著他們就必須以入侵者的身分往上衝。

「叮咚。」

一上七樓，電梯門一開，就有兩個警衛湊向前接待。但他們一看白玲胸前並未掛有識別證便問：「請問您是？」

「我是商王食品的副總。」白玲拿出了她的名片，並裝出一臉不耐。

「今日七個會議室都沒有商王食品的預約。」警衛說。

「我昨日開會有東西丟在這裡了，要回來找。」白玲瞪了他一眼說：「什麼時候變得這麼囉嗦啊？我拿個東西都不行嗎？」

兩個警衛互看了一眼，也不好再多說什麼，讓開一條路就讓白玲等人通過。

白玲領著冰川和白陽轉過轉角，然後就小跑步往前衝，「快，通往上面的電梯在那裡！我們的時間不多，說要拿東西卻一直沒出去他們等等就起疑了！」

「好刺激啊！」冰川說，並率先按下電梯按鈕。

他們上到了九樓，又有兩個警衛笑臉盈盈走過來，但一看是陌生人就綳起臉。

「請問三位是？」

「我是商王食品的代表。」白玲又拿出她的名片。

「商王食品？哪個商王食品？」這次兩個警衛互看一眼，眼神變得冷漠。

「就是蒼神物產底下的食品公司。」

「食品公司？」其中一個警衛皺起眉，「那應該在下面的樓層吧？這裡沒有下游廠商的辦公室。」

白玲的嘴唇抿起，一副被激怒的樣子，「我就是代表蒼神物產來的，你們現在是在攔什麼意思？」

「但妳剛剛不是說是食品公司……」

「住口！」白玲怒道：「我現在代表的就是蒼神物產的凌董，你們好大的膽子，一再質疑我，是想要被解雇嗎？」

「這……」警衛都露出為難的表情，但還是被白玲的氣勢逼退，不得不低頭讓開。

白玲順手拿起了在櫃檯上一張紅色的識別證，領著白陽和冰川就往裡頭走。而一過走廊她就收起嚴肅的臉，心虛吐了吐舌頭，「哈，我剛剛假裝是我上司的上司的上司的上司，超可怕的！」

「……」白陽完全不知道該怎麼回答，他有點被嚇到了。

從起初的二樓開始，白玲原先被奉承得像是神一樣，到處使喚下屬；但一到七樓，警衛的態度便一百八十度大轉變，把白玲當普通人；而一到九樓她更是有點被輕視，警衛連她的公司名稱都沒聽過……

白陽覺得很難以想像，他以為姐姐能當副總經理已經很了不起了，沒想到在她上頭還有那麼多、那麼多人！回想起不久前站在大樓外仰望的場景，再回想起他們的目的地遠在那遙不可及的三十樓，白陽就驚駭於這可怕的階級遊戲。

而位於這階級巨塔最高層、最頂端的，無疑是那帝王一般的男人——蒼神。

「你們是誰？」十樓的門一打開，這次警衛只有一個。

「我是鄒○○。」白玲熟練地說出剛才偷拿到的識別證上的名字。

「我不記得鄒總長這個樣子。」警衛打臉的說，眼睛瞇成一線。

「現在的警衛是怎樣？腦袋都不會想嗎？一定是鄒總無法過來才委託我來，我是他的秘書，你難道看不出來？」白玲裝出惱怒的樣子。

「既然是秘書，應該有識別證。」

「所以我拿了我老闆的識別證！」

「我說的是您自己的識別證，況且請問您身後的這兩位是誰呢？」警衛盡力維持平靜的說。

「我們三個都是鄒總的秘書，你是在裝傻還是真的不知道？」

「恕我直言了，我不認為鄒總會請年紀這麼輕的秘書。」警衛突然提高音量，並盯著白陽和冰川。

「你不要太過分了，我已經無法忍受了。」白玲抱著胸問：「你叫什麼名字？」

「什麼？」

「我問你叫什麼名字，你給我回答！我要解雇你！」

「我的編號就在臂章上，要抄隨妳，但我不可能讓你們通過。」

「很好，這是你逼我的！」白玲的眼中閃過一道犀利，只見她拿出手機撥了出去，也不知撥給誰，「喂？老闆……啊，抱歉對不起打擾您餐會，但我在今天會議這裡受到為難……啊對，是是是，他不接受您的識別證……啊對……」

白玲高聲的說著，一面輕視的瞄著警衛。只見那個警衛的表情越來越難看，連額角都流出汗水。

「給你，我老闆要跟你講話，你最好能說出個所以然來。」白玲將手機交給警衛。

「……」

「怎樣？快接啊，我老闆在等，他準備要叫人開除你！」

「對不起……」警衛連伸手都不敢伸手。

「什麼？你說什麼我沒聽見。」白玲諷刺的說道，然後接起手機說：「喂？對，老闆不好意思，您剛剛也聽到了……啊，好、好，那就先這樣了。」

白玲收起了手機，不再理會那個畏縮低頭的警衛，帶著白陽和冰川就走進大廳。

「好了，接下來我沒辦法了，十樓是極限了。」白玲將白陽和冰川拉到一旁，顯露出緊張之色，「再往上連鄒總牌也會失效，沒招了。」

「十樓已經夠了，姐妳根本超強，我剛剛看得都快嚇死了，妳竟然還能搞定他！」

白陽由衷的說：「所以妳是真的打給那個鄒總嗎？」

「當然不是啊，我連他是誰都不知道咧！」

「靠！我就知道！虧妳還能掰得那麼像！」

「好了，現在就別說那個了，來，靠近一點，我告訴你們接下來該怎麼做……」白玲悄聲說。

電梯已經不可行，走廊的末端是樓梯間，接著白陽和冰川必須帶著蒼言從那裡往上跑，想盡辦法到達三十樓。至於白玲則會在十樓替他們拖延敵人，並觀察敵人的狀況。

「姐，妳真的不跟我們一起走嗎？」白陽擔憂的問。

「不了，等會兒警衛起疑進來找我們，我至少還可以擋一下。而且你這是在擔心我嗎？哎呀呀，好貼心喔，這麼關心姐姐～」

「誰擔心妳啊！」

「反正呢，我不能跟，我沒你們跑得那麼快、又沒有特殊能力，但若要說有什麼特殊能力的話～」她愉悅地往前一撲就襲擊白陽，「大概就是愛弟弟的心吧～」

「滾開！」

白陽與冰川開始沿著樓梯往上走，揹著蒼言讓白陽覺得有些吃力，但他的體力還行。只是，他發現每一層樓從樓梯通往樓層的門都是緊鎖的，這將會是個隱憂。到時就算他們到達三十樓，也不知該怎麼進去樓層內部。

「羊，上面有聲音！」

「那就放慢腳步，還是要繼續往上走。」

原先以為會很困難，不過他們居然就這樣順遂的到達了二十樓，直到眼前出現一道鋼製閘門。

「我就知道早晚會這樣。」白陽說道，並伸手敲了敲閘門試探它的堅固程度，「已經沒路了，要把這個打開才行。」

「要破壞它嗎？」冰川已經凝聚出了她的冰劍武器。

「不，千萬別那麼做，會觸發警報器的！」

「那要怎麼辦？而且你不覺得樓梯間應該有監視器嗎？我們早被看光了吧！」

白陽愣住，聽冰川這麼一說他才發覺這件事，「對喔！靠！完蛋了！」

他迅速拿出他的墊板在頭髮上摩擦，使得白色捲髮飄起、毛衣整個蓬起來，讓他發亮而晉升為電羊狀態。

「冰川，退後一點。」他說，然後將手放在閘門上——

霎時電光一閃，強力的電流衝擊了閘門，天花板的電燈故障似的閃閃爍爍。

白陽原本想在不觸發警報器的狀況下將閘門電壞，但如今他們八成已經被監視器拍到，就算觸動警報器也沒差了。

「羊，門開了！」

如白陽所預期的，壞掉的閘門開了一條縫。但糟糕的是，門後已經聚集了一堆警衛，在他們穿進門縫後全都舉起槍對著他們。

「哇啊啊啊！別來！」白陽大吼，額角爆出青筋就擋在冰川前面。

眾槍齊發，同時白陽舉起了他的右手，展現了他從未試過的絕招——金屬製的子彈在接近白陽之際全都被環繞的靜電干擾、通電而被引導散開。

警衛們就這麼愣了半秒，但冰川並未閒著，她站向前一個手勢出去，分裂的冰飛鏢便擊倒了對方最前排的所有人。

「這裡，是二十樓。」白陽如此嘟噥一聲。

眼前的景象令人震懾，十人環抱的大柱子在兩側排開，天花板不知挑高了有幾層樓，整體看起來氣派無比。就像電影裡常看到的車站大廳一樣，讓人無法想像這是在一棟大樓內。

白陽猜想，這層樓大概就像這棟大樓的分水嶺，具有某種特殊意義。再往上就是常人無法接近的樓層，是屬於蒼神等等神人出沒的領域。

「抓住他們！」新一批的警衛朝著他們衝來。

白陽用墊板加速摩擦自己的頭髮，讓電流強度急遽往上升。冰川則率先迎敵，她抓住了來襲警衛頭子的手腕，反手一折，同時抬起大腿一掃，攔腰擊中他的腹部，華麗的一轉身讓他在空中翻轉數圈後摔落，重重的在地上摔出骨頭破裂的聲響。

此時，白陽身體的靜電已經累積到了最強，他就像顆超亮的燈泡一樣讓人無法直視，啪茲啪茲一副快要爆炸的樣子。

「受死吧，混蛋！」白陽也懶得再動手指使出手槍電擊，他直接往敵人衝去——他全身都環繞著高壓電流，就像顆人體炸彈，誰碰到誰倒楣。

「哇！救……」

「哇啊啊啊啊！」

好像爆炸一樣，燒焦的味道傳來，整個樓層的電燈跟著閃爍。一半以上離得近的敵人都被電死，帶著十萬伏特的白陽繼續追逐逃兵，他揪住了一個警衛直接坐到對方身上，將對方電個半死不活。

「好恐怖喔！」蒼言從他身後的背包探出頭來，「但是好好玩，麻麻的欸！」她新奇的摸著白陽的頭。

「一百億元妳給我躲回去！這裡危險小孩子不要看！」

蒼言和白陽一樣，對電擁有耐受性。此刻的她完全被白陽身上的靜電迷住，不斷碰觸白陽的頭髮享受觸電的感覺，臉紅紅的好像喝醉酒一樣。

白陽喊了幾次後就懶得理她了，他從手指發射電波，攻擊逃竄的敵人。

這些敵人並不強，充其量只不過是大樓的保全，完全無法抵擋白陽和冰川。但白陽並沒有因此鬆下戒心，他知道真正的挑戰還沒來。

「你們是誰！」

一陣吆喝聲傳來，宣告著駐守在此棟大樓的軍隊已經出現。

白陽以一記電擊回應他們的問候，接著冰川更是直接變出一把冰矛往天花板一擲，使得整座水晶大吊燈落下，砸在大廳中央闡明了自己的立場。

「逮住他們！」

真正的戰鬥就此開始，為數不少的能力者衝過來，迫使白陽和冰川分開。

白陽退到了大柱子後方，一次應付四個人，而且還有更多人朝他包圍過來。他護住身後的背包，一面用手比出手槍的姿勢射出電流。但在這樣的狀況下，他的精準度降低了許多，敵人的身手又異常敏捷，他根本無法擊中他們。

「嗚！」他被揍了一拳，差點暈過去。

四個圍住他的人都揮著拳頭，一副身經百戰的樣子，其中一個人手上還有刀，棘手無比。況且他們還未展現出他們的能力，就已讓白陽覺得自己會輸！然而，那個揍他臉的人卻在碰觸到他的瞬間就被電暈過去——白陽頓時了解到，此刻他最大的武器就是自己的身體。

「可惡！再來啊！」他一時氣勢大漲，往前撲向最近的敵人，豈料他們竟未閃躲！

「嗚哇！」白陽感覺自己的背部被一根棒子重擊，痛得幾乎要吐血。他眼前的敵人則往旁邊一閃，拿起手中的刀就往他懷裡刺去！

匡噹一聲，刀子被白陽周身的電流貫通而彈開落地。白陽趕緊低頭閃躲，下一秒某個人的拳頭打在柱子上，砰的打出一個窟窿。

「天吶！」白陽看得冷汗直流，不多拖延就逃之夭夭。

那一拳要是打在他身上，他一定會骨折！他原本還打算讓對方打，想說以自殺式的攻擊挨一拳就能電死一個，但如此看來他根本挨不了一拳。

他頓時明白了對手的實力有多可怕，便不敢再與其爭鬥，轉頭朝冰川喊道：「冰川，別和他們戰過頭了，別忘了我們的目的是要衝到三十樓啊！」

冰川的情況一樣慘，她的手臂有一道血痕，疲於應付五個對手，什麼招都使不出來。聽白陽這樣說後，她立刻跑了過來。

「你們以為有這麼容易嗎？」

不料，他們在即將越過大廳的一半時，軍隊的首領擋住了出路，就正巧是冰川所擊落的大水晶吊燈的缺口。

「讓開，我們沒有時間和你們玩了！」白陽的手一拉，揹緊背後裝著蒼言的背包。

「哼，你們到底要去哪裡呀～」軍隊首領一副打哈哈的樣子。

他的笑容不懷好意，一看就不是什麼善類。他的手上抓著一支像抓耙子的東西，好像隨時背都很癢、需要抓癢一樣。而他的臉確實也很像抓耙子（注：告密者）。

「我說，那東西該不會是你的武器吧？」白陽無言的說。

「當然啊，看就知道了吧！」

白陽的眼角抖了一下。見身後已經被包圍，堵得嚴嚴實實，他便向冰川使了個眼色，接著突然伸手朝地面一拍——大量的電流貫穿了地面，所有的燈管同時破裂，整個空間瞬間暗了下來。

白陽在敵人未反應過來前撞倒抓耙子首領，跑向大廳的另一邊，「跑啊，冰川！」

這時，緊急照明裝置啟動，大廳重新恢復明亮。

「你們想得美！」

只見那根抓耙子在空中一晃，一團不祥的黑氣便從地面竄出來，阻擋了白陽和冰川的去路。白陽後退幾步，驚駭的看著眼前的黑氣凝聚成一個巨大的龍頭，咆哮一聲便張開大口往他們吞來。

「媽呀這什麼東西啊！」白陽趕緊往回跑，跟著冰川跳過擋路的吊燈。

迎戰的黑衣人早已等候多時。前方一個拳頭揮來，白陽便眼冒金星的倒地，雖閃過致命的刺擊，但在他爬起來時，下一個敵人的刀已經揮砍了下來，黑龍的嘴也從正上方咆哮而來。

「羊！」

混亂之中，冰川不知使了什麼招，當白陽回過神來時，自己已經脫離了險境，被拉著逃走。接著不知是誰開了槍，霎時一片槍聲大作，讓冰川不得不緊依著白陽，靠著他身上那能彈開金屬的防護罩躲子彈，就怕被擊中。

「哇！首、首領！」

後方傳來兵荒馬亂的聲響，白陽回頭一看，這才發覺剛剛的槍響似乎不是在針對他們——那隻黑龍不知怎麼搞的，竟然不受控制的攻擊他們自己人，讓黑衣人們頓時亂成一團。

「那個人果然是抓耙子嗎？變出來的寵物竟然攻擊自己人。」白陽幸災樂禍的說。

「那隻龍真不聽話。」冰川說。

見後方的敵人已經重整隊伍追上來，白陽和冰川有了心理準備。一直逃跑是沒用的，他們必須勇敢面對，否則他們永遠到不了三十樓！

「雖然一直很不願意用，但老爹有給我這個。」白陽一個轉身閃過敵人丟過來的刀子，從腰際的懶人百寶袋中拿出一個像鐵製竹蜻蜓的怪東西。

他一將它戴在頭上，冰川就哈的一聲說：「我知道這個！是老爹特地幫你做的武器，參考天●寶寶的！」

「不要提起那個詞！我已經好幾次要把它丟到垃圾桶了！」

戴上天線的白陽看起來有些滑稽，白色的捲髮中突出了一根鐵棍子。他拿出墊板迅速摩擦，重新凝聚已經消散的電力，使得蒼言又從背包探出頭，期待滿滿地準備被電。

「放馬過來吧！」

黑衣人們來勢洶洶，但在冰川變出一道又一道的冰柵欄牽制他們時，白陽已經發電完成，全身白光閃閃的成了電羊狀態。

飽和的電力在白陽頭上的天線凝聚，擴充成一個巨大的圓弧，閃爍地形成一個罩子。白陽無法形容這種感覺，藉由儀器的幫助，他好像能控制全身上下所有的靜電，連腳趾頭的電都能拿來用。

在敵人的拳腳、刀子、警棍、雙節棍揮來之際，白陽吆喝一聲，巨量的電流從他的雙掌爆出——猶如恆星爆炸一般，迸發的白光頓時占據視野的全部，大廳霎時一片白光籠罩。

「羊，小心子彈！」

子彈又來了。

敵人受傷的不多，白陽的攻擊只是雷聲大雨點小。為了躲避子彈，冰川又靠到白陽身旁，進入他的靜電防護罩內，但她又不敢靠得太近，就怕被電到，白陽身上的靜電可不分敵我。

白陽急道：「可惡！我們現在還在二十樓啊！越拖只會越不可能到達目的地！」

敵人打算用槍林彈雨來壓制他們，砰砰砰砰的聲音不斷。白陽可不認為他有防護罩就無敵，他只得壓低身體護著冰川躲到角落，一面減弱身上的電力，讓冰川能更靠近他，完全躲進靜電的影響範圍內。

但如此一來他就矛盾了，要是電力的強度不足以彈開子彈，他們就會全死；但電力太強，冰川又會被電死，或者因為離太開而被流彈掃到。

相對的，蒼言就完全沒這個問題了，她抱著白陽的頭，好像吃了興奮劑那樣蹦蹦跳跳地在背包裡躁動，一面大叫著指向黑龍。

說到黑龍，黑龍又來了！

「壓低身體！」黑衣人叫道，這句話似乎是說給全部的人聽的。

黑龍咆哮而過，從敵陣的上方朝白陽等人撲來，白陽倒是趁著炮火停下來之際，拉著冰川跑到大柱子的縫隙中躲好。

黑龍捲帶著黑氣飛過，掃壞了上層的牆壁，使得大大小小的磚瓦落下，十分危險。

白陽看了牠一眼，發覺牠已經不像一開始那麼透明，由黑氣凝成的牠已經逐漸凝固而具體化。宛如翅膀硬了一樣，牠也變得更強了。

因此白陽覺得這隻龍已經完全脫離了牠主人的掌控，又或者那個抓耙子首領的能力太差，根本不足以控制牠。牠現在朝著黑衣人飛回去，發動無差別攻擊。

「別自亂陣腳，絕對不能讓他們通過！」抓耙子首領看出白陽想趁機行動，又下了開火指令。

黑龍吐出了黑氣——一隻隻盤旋著的鬼魂朝四面八方竄去，多數往黑衣人攻擊，但也有一隻朝白陽這裡飛來。

「小心！」白陽護著身後躲進凹槽裡的冰川，感覺冰川緊依著他的背，一股前所未有的信任感和親密感從他的心底湧出。

鬼魂襲來之際，冰川也行動了，一道冰晶沿著拋物線出去，在鬼魂行進的路線上結出數道盾牌抵擋。但鬼魂卻直接突破那些屏障，撞碎一道又一道的冰盾，最後迎上白陽所發射出去的電波，偏移方向的衝破樓層的牆壁，消失在外頭。

聞著從外面吹進來的濕冷空氣，白陽幾乎傻住。他和冰川算是用盡了全力抵擋，鬼魂卻毫髮無傷，不怕被電也不怕被冰凍。要不是它跑出去外頭，他們恐怕非死即傷。

吐出來的鬼魂都這麼強了，那黑龍本體還有人應付得了嗎？白陽不禁吞了口口水。

看向敵人那邊，他們也處理得差不多了，幾乎沒人受傷，令白陽感到意外——他們很聰明的利用鬼魂好像瞎了眼一般的弱點，讓它們如無頭蒼蠅般撞在一起，飛散消失。

而它們的主人——黑龍也瞎了眼，在上空繼續盤旋，看不到下方人群的存在。

「冰川……」

「……」

「冰川？」白陽才想著要交代冰川事情，卻見她沒有回應。

他回過了頭，「冰川！」

「我……好、好像不能動了……」

「什麼不能動？」白陽皺起眉，覺得此時在他身後的冰川有點奇怪，「妳的臉怎麼那麼紅？聲音也怪怪的？」

「就……」冰川抓緊了他肩膀的衣服，吐出了一點熱氣，用白陽從未聽過的嬌羞語氣說道：「覺得你的身體好熱，又好麻，傳到我身上……以前好像沒有這樣……靠近你過……」

「咦？那是因為我的身上有靜電啊！」

「對啊，所以就是……第一次被你電到啊……啊！」冰川驚叫一聲，似乎又被電到了。她搥了一下白陽的背，聲音變得很小：「你快點走開啦，又沒有子彈了……」

「哈，冰川姐姐也知道白羊哥哥很會電人了吧！」蒼言說，一高興就抓住白陽的耳朵亂轉。

看冰川的臉紅到不行，白陽有點摸不著頭緒。但他倒是能感覺到她的身體很燙，體溫因為那觸電的感覺而升高不少。

光線突然轉暗，黑龍突然飛到了他們上頭，在咆哮一聲後俯衝襲來。

「快、跑、啊啊啊！」白陽趕緊拉著冰川跑走，突出的青筋都快繃斷了。

黑龍一吐息，無數的鬼魂又冒了出來，有如黑暗大軍一樣追逐在他們身後。

白陽死命的朝大廳另一側衝去，即使黑衣人舉起槍、排排站在那裡，他也別無選擇了。原本就是暗色系的地板，此刻被更黑的陰影罩住，頭頂上方就是黑龍，白陽知道。因為重低音的震波隆隆地轟炸他的耳朵，讓他耳鳴不已，猶如那隻巨龍正在醞釀火球準備射來——

「快跑啊啊啊！真的啊！」白陽嘶聲大叫。

這下連前方的黑衣人都不顧抓耙子首領的阻擋，紛紛轉身落跑了，原本腹背受敵的處境就這樣解除。白陽無法判斷他們究竟是看到了多可怕的景象，但此刻所有人都一同成了難民，無論原本是友是敵，在那絕對的力量面前誰也站不住腳。

看到旁邊跑著的是那個抓耙子首領，白陽不禁怒道：「混蛋，就是你！那隻龍不是你叫出來的嗎？你現在又在跑什麼！」

「我……我也不知道啊！」

「不知道個頭啦！你叫出來的就給我負責收拾！」白陽大罵，不客氣的就伸腳往抓耙子的方向一絆，讓他唉唷喂一聲跌倒。

「不，你……你太過分了啊！」抓耙子首領痛哭著搥地板大叫，腿軟得怎麼爬也爬不起來。

白陽朝他扮了個鬼臉，帶著冰川繼續往前衝。而剛才一直跨不過去的那個水晶吊燈，他們總算是跨越過去了。以那處作為分界線，他們自此踏入大廳的後半部分。

黑龍一記咆哮撲下，眾鬼魂們便如海嘯般湧來。地面霎時劇烈地顛簸了一下，震動之猛烈使得在場逃竄的所有人都跌倒——地面傾斜了，好像要毀壞掉般往來時的那端陷下去！

白陽趴在地上，瞪大眼驚駭地望著前方，連頭都不敢回。

「冰川，快走啊！」他揹緊了背上的蒼言，朝冰川猛揮手，爬起身就不顧一切地往前衝。

黑色的鬼魂好像落下的隕石那樣砸在他們左右、砸在前方直接砸穿地板。面對如此毀天滅地的場景，白陽只能衝。

——被砸到一定死！踩到那些破掉的洞也一定死！被黑龍追到更會死！

「快走啊啊啊啊！」他一個跳躍跳過了裂開的地板，感覺蒼言從他的背包飛出來，又落回了背包裡，他們只差一公分就會跌入樓層的裂縫之中……

「羊！」

身後傳來冰川驚叫的聲音。

迅速裂開的地板使得冰川的跳躍失敗，她差點摔下去，所幸她用一手攀住了地板邊緣，現在就掛在大裂隙間搖搖欲墜，而裂縫仍在擴大。

「冰川，來！」白陽趕緊回過頭抓住她的手，使盡力氣將她拉上來，並在黑龍的陰影覆蓋這片區域以前，心懸到了嗓子眼的帶著冰川驚慌逃離。

然而，接下來的一切卻令他們絕望。

「開門啊！」

「天吶！開門啊！」

前方就是大廳的盡頭，但所有的出口都被層層的鋼製閘門封死。先到的那些黑衣人早已失了銳氣，全都像歸國的逃兵一樣拚命敲著門、痛哭流涕的大叫，個個懼怕著黑龍的來襲。

「完了！」白陽的雙腳一跪，腿軟地坐在地上，「那些閘門就和火車上的一樣，可以承受導彈攻擊，喊破喉嚨、敲破手門也不會開的……」

冰川扶住白陽的背，原本似乎想拉他起來，但最後卻什麼也沒做，只是眼露急切、眼眶泛淚的盯著閘門。

「開門啊！」

「求求你們快開門啊！我們是自己人啊！」

眾人死命地敲著門，就像乘坐在即將沉沒的船隻上一樣，除了絕望還是絕望。地面的裂隙仍在擴大，整層樓的地板傾斜，即將翻覆。白陽是緊抓著欄杆，和冰川緊靠在一片還算平坦的區域，才勉強不會摔落。但更大的威脅已經來了，那隻黑龍夾帶著無數的鬼魂軍團，如暴風雨一般來襲。

「……我們已經盡力了。」白陽握緊了雙拳，用懊惱顫抖的語氣說：「明明就在三十樓而已，我們卻到不了。如果能到二十八、二十九我還能接受，但我們的實力竟然只能到二十樓，其中十層樓還是我姐騙來的。」

他咬緊牙齒，眼眶泛出不甘心的淚水，「我們太弱了！姐，對不起，沒辦法完成妳的交代……」

「白羊哥哥不要哭……」蒼言摸了摸白陽的臉頰，也跟著快哭出來。

「一百億元我也對不起妳，沒辦法把妳帶回妳爸身邊。」

「沒關係，之後再叫爸爸來接我就好，白羊哥哥你不要哭……」

聽到蒼言如此天真的話，白陽哽咽一聲，悔恨的敲了一下地板，「蒼神，你到底離我們有多遙遠？為什麼我光是要見你的秘書就這麼困難？」

「你的女兒就在這裡啊！」他大聲的吼出來，抱著蒼言站起，滿腔的氣餒與失落化成悲憤的淚水，「你的女兒就在這裡啊！你找了好久的女兒就在這裡啊！」

鬼魂的隕石雨落下，地板又傾斜了幾度，超過一半的黑衣人慘叫著落進縫隙。

「蒼神，你的女兒就在這裡啊！」白陽將蒼言高高舉起，不顧她的害怕，用盡力氣吼叫。

黑龍的吐息模糊了整片天花板，巨大的龍爪踩在即將崩裂的殘存地板上，更多的鬼魂如雨後春筍般冒出。

「蒼神！」白陽瞪大雙眼，在黑龍將咬下的巨口面前，用盡最後的力氣嘶吼：「誰來救救蒼神的女兒啊——」

黑龍的咆哮聲猶如地獄之音一般，夾帶著狂風與足以吞噬一切的驚人氣勢襲來。白陽雙眼空洞的緊抱著蒼言，準備面對死亡……

但就在此刻，一股濃烈的古龍水味突然撲鼻而來——黑色的皮鞋出現在白陽眼前，隨之而來的是個穿著黑西裝、面無表情凝視著他、有十足上班族架式的男人身影。

「嗯，十七點四十五分，提早了三分鐘。」

他低頭看了一下手錶，身影還飛舞在空中，隨手舉起的公事包竟然輕而易舉的擋住了黑龍的致命吐息。

黑龍自然不堪被如此無視，張開血盆大口就要吞來。西裝男子卻連眉頭也沒皺，只是無聲的落地，在外衣飄下前便從容不迫的走來，並再次低頭看錶。

「原定十八點整必須到達三十樓，有十五分鐘餘裕。」

就在這一剎那，天空中降下了三條垂直的黑線，宛如天譴那般直直地射穿了他身後的黑色巨龍！

巨龍顫了一下，長滿利角的頭不穩的晃了晃，然後眼珠子翻白，砰的一聲倒下，好像死透了那樣地倒在地上。

「現在是……怎麼回事？」白陽完全傻了。

承受著巨龍的重量，僅存一小片的可憐地板發出悲鳴，扭曲地崩解傾斜，所有人都往裂隙滑動，情況頓時危及萬分。

但西裝男子依舊平靜，他走在傾斜的地板上，持續朝白陽走來。而在他伸出右手又要看錶的瞬間，天空再次降下三條黑線，垂直地射穿巨龍的身體，使得牠就這樣在黑線的貫穿下燒成灰燼，連同盤旋在周圍的鬼魂一併被消滅。

傾斜的地板又晃了回來。

「……」白陽已經震驚得完全說不出話來了，他張著嘴看著眼前的男人，吸著他滿滿古龍水的刺鼻味道，感覺那就是所謂神等級——ＳＳＳ級的味道。但他還是無法相信，那有如哥吉拉般的超級魔物竟然就這樣被這男人解決掉了。

「我剛剛聽你提到蒼言，你是誰？為什麼會出現在這裡？」西裝男子站定在白陽面前，用冷漠的語氣問。

「我……」白陽倒吸了一口氣，「我我我……我只是……」他打著冷顫，對於眼前的男人畏懼到不行，腦海裡還充斥著剛才的畫面，混亂到無法思考。

「我才要問你，你到底是誰！」然後他突然大吼一句。

男子的眼眸變得更冰冷，「不要浪費我的時間。你剛才提到蒼言，如果我沒聽錯，你說『誰來救救蒼言』。」

「對！」白陽往後退，用身體藏住了不知何時已躲回背包的蒼言，「所以……你報上名來，你到底是誰！」

男子輕擺了一下頭，冷冷的勾起嘴角，同時抬起了戴著錶的右手——肅殺的氛圍頓時伴隨著整層樓的寂靜在白陽眼裡縮成驚駭的大小。

「我叫做立德，是蒼神的秘書，同時也是這棟大樓的營運長。」

縱使他的聲音過了很久才傳進白陽耳裡，白陽也不會聽錯他說什麼。

沒錯，那位他們要找的秘書並不在三十樓，而是……現在，他就在他們眼前！

08

兔寶寶與美人魚的爭奪戰。

既豪華又高級的休息室內，名為立德的蒼神秘書坐在前方，和他交談的則是白玲。

此刻，她是唯一能與其交談的人，她正在交代事情的始末，有條不紊的。

順道一提，他們現在在三十樓，不費吹灰之力的，在立德秘書的帶領下坐電梯直達三十樓。

「小桃子兔寶寶！我回來了！」

白陽帶蒼言去上廁所，一回來，蒼言看到立德秘書就立刻迸出這個字眼。

白陽不會忘記在十五分鐘前，他將蒼言從背包裡抱出來遞到立德秘書面前時，他有多麼震驚。那時蒼言一看到立德秘書就指著他的鼻子驚叫：「哇！是小桃子兔寶寶！你終於來了！」所以白陽現在最疑惑的就是這個字詞。

「小桃子兔寶寶？」白陽的眉頭皺得很難看，「不要告訴我這是在叫三條黑線先生。」

立德秘書不理他，連白玲也不理了。他一看到蒼言就立刻變了個表情，將剛才演過的催淚戲碼再搬出來一次：「小姐！」

「小桃子兔寶寶！真的是你！你終於來了！」

「小姐！您都不知道老闆找您找得有多辛苦！」立德秘書拿下了墨鏡，落著淚的他揉了揉眼角。

「我有看錯嗎？他哭了？」白陽問。

「對，他哭了。」冰川冷靜的點頭說。

「小姐，老闆為了找您已經擔憂得臥病在床了啊！」立德說，並取下蒼言頭上的帽子，聞了聞有沒有過敏原，然後隨手就丟進垃圾桶，「但太好了，現在終於找到您了！」

「爸爸生病了？」

「對，已經連續好幾個月都吃不下任何東西了啊！不管是誰來勸都沒用。」

「怎麼這樣？」蒼言的眼眸變得溼潤，「爸爸好可憐，因為擔心我……」

雖然早有傳聞，但白陽和冰川對看了一眼，都不敢相信在螢光幕前那個無懈可擊的蒼神竟然會有臥病在床的一天，實在是無法想像那畫面。

「我有個問題，那個兔寶寶什麼的是在叫誰啊？」白陽忍不住問。

「就是小桃子兔寶寶啊！」蒼言指著立德秘書，立德秘書的眼角則抖了一下。

不難想像這些ＳＳＳ級的蒼神保鏢平時還必須充當蒼言的保母，因此才會有這麼滑稽的暱稱。但一想到這位能秒殺黑龍的三條黑線先生，當起保母哄蒼言睡覺的畫面，白陽實在是不敢恭維。

後來他們才知道，因為立德秘書老是在看錶，就和《愛麗絲夢遊仙境》裡的兔子一樣，所以才會被蒼言叫成兔寶寶。至於小桃子是怎麼來的，看到立德秘書的臉漲成紫紅色，白陽也不敢再問了。

「對了，小桃子兔寶寶，我要給你看一個東西！」蒼言靈機一動的從她的小袋子裡拿出一個餐盒，喜悅之情溢於色，「我有替大家做便當，想說出來餓了可以吃，但是白羊哥哥他們都不吃。來，給你！」她說著，就從餐盒裡拿出一顆邪惡的黑色物體，「是飯糰喔！」

「？？？？？？？？？？」

剎那間，立德秘書頭上的問號爆表，但他隨後驚訝得睜大眼說：「小姐，您會自己做菜？！」

「對啊！我自己做的喔！」被問到了得意處，蒼言開心得紅了臉。

望著那盒黑漆漆、硬如鉛球的飯糰，立德秘書拿起一顆，眼眸泛起感動的淚光，「小姐竟然會自己做菜，要是告訴老闆，他不知會有多高興。」

「等等，你真的要吃那神器嗎？」白陽不禁出聲，「不覺得光是拿著的觸感就不太對勁了嗎？！」

「這紮實的觸感，是小姐滿滿的愛心啊！」立德秘書揉了揉眼，然後張嘴一咬。

剎那間，白陽聽到了牙齒斷掉的聲音。

立德秘書：「好吃。」

「太好了我就知道！」蒼言高興地交握著雙手。

「……」白陽：「現在要叫救護車還來得及……」

總之，白玲所唯一信任的那位蒼神秘書立德，現在就在眼前。他們的任務達成了，只要將蒼言交到他手中，就能讓她平安回到蒼神身邊。

接下來，想必立德秘書會立即將蒼言帶回去，說不定連原定要開的會議都直接取消。而這也意味著，蒼言要與白陽和冰川分開了，階段性的同居生活已經結束，蒼言會回去，之後他們要再見面幾乎是不可能的事。

「您要將蒼言帶回去了嗎？」見立德秘書站起，白玲問道。

「對，此事刻不容緩，老闆等這一刻已經不知等了多久。」

「咦，現在就要回去了嗎？」蒼言錯愕的問，並下意識的抓住了白陽的褲子，似乎明白他們即將分開。

立德秘書說：「對，小姐您已經失蹤了這麼久，難道不想見老闆嗎？老闆也想立刻見到您啊！」

蒼言糾結了一下，眼淚竟然就這樣掉下來，「我想爸爸，我想回家，但是……我也不想離開白羊哥哥……」她抬起了頭，淚眼汪汪的看著白陽。

白陽沉默了一下，然後蹲下來摸了摸她的頭，「我也不想妳離開，但妳必須回妳爸身邊，那裡才是妳的家。」

「嗚嗚，可是……」

「乖，有空的話我和冰川會去看妳的，又不是再也見不到了！」白陽撒謊道：「而且妳可是T島人民的最後希望，現在整個T島都陷於水深火熱之中，只有靠妳回家才能夠拯救崩盤的股市、破產的國家以及超高的失業率……」

蒼言聽不懂白陽在說什麼，她大哭一聲就緊抱住白陽，撲到他懷裡，「嗚嗚……我要走了……我會很想你的，白羊哥哥！」

「哎，小姐您怎麼能投入男人的懷抱！」立德秘書終於忍不下去，他簡直要把眼睛瞪出來，「您忘了老闆交代過的嗎？」

「記得啊，男人都是垃圾、爛渣、壞人。」蒼言揉著眼睛，用稚氣的臉蛋說出了令人傻眼的話，「但白羊哥哥不是。」

立德秘書的臉色鐵青，「您這樣會害到他們的，要是被老闆知道的話……」

「冰川姐姐，再見。」蒼言換投入冰川的懷抱。

「嗯嗯，再見了，我會很想妳的。」冰川擦著眼角。

「妳為什麼也哭了啊？」白陽問。

「因為言言對我來說是很重要的人啊，你不哭才奇怪……」

「冰川姐姐對我也很重要，最喜歡你們了。」

「好了好了，別再說肉麻的話了，趕快回去爸爸身邊吧。」看立德秘書的臉都要垮掉了，白陽趕緊說道。

他沒說出口的是：蒼言趕快回去，我的一百億元也能趕快進帳，大家皆大歡喜。

「回家記得要跟爸爸說是誰救了妳喔～」白陽滿臉笑容的揮手道別。

然而，每次只要他一打如意算盤，事情就肯定會出現變數。尤其是在他沉不住氣笑出來的時候，例如現在——

「馬上放下蒼言！那個傢伙是冒牌貨！」

門突然砰的一聲被踹了開來，讓白陽竊笑的臉就這麼僵住歪一邊。

一個女人氣喘吁吁的闖進來，與其說是氣喘吁吁不如說是氣急敗壞。她的雙眼睜大，伸出的右手直指著立德秘書的鼻子，一副及時趕上了的樣子。

「什麼……冒牌貨？」白陽呆愣的問。

女人的身高很高，金色的髮絲及過於暴露的裝扮都顯露出一股異國風韻，白陽簡直不敢直視她那波濤洶湧的胸脯；最重要的是，她的眉宇之間帶著一股不輸給立德秘書的氣質與氣勢，使得她的身分呼之欲出。

「美人魚姐姐！」蒼言大叫，臉上帶著不合於此時緊繃氛圍的雀躍表情。

「立德，馬上放開蒼言。」女人用強勢的語氣說道：「馬上！」

立德秘書面無表情。

「誰來解釋，這到底是……怎麼一回事？」白玲終於說話。

眾人都沉默著。最後，由那個被稱為美人魚的女人開口回答：「我是蒼神的秘書，是代表蒼神來的，要將蒼言帶回去。」說完她指向立德，「你們現在所看到的這個人，是叛徒！」

話一斷，美人魚身後立刻走出一堆人。他們全是這棟大樓的董事及決策者，等同於蒼神集團的高層，預計連白玲所假冒過的那幾個人都來了，就在此時此地成為見證者。

「立德，馬上把蒼言交出來。」女人說。

立德秘書依舊面無表情，他的手緊緊箝著蒼言的肩膀，讓白陽的胃部一陣翻騰。

——即將到手的一百億，該不會又要飛了吧？

「你們這些人現在是怎麼一回事？」立德秘書用冰冷的語氣說著，「我是這棟大樓的營運長，你們全是我的下屬，你們現在全圍著我是想做什麼？」

「這我……」其中一個男人結巴著，額頭冒出冷汗，「老闆，若不是碧秘書……」

「碧秘書怎樣啊？把她的指控再說一遍給我聽啊。」立德秘書緩慢的說。

名為碧的美人魚秘書回答：「就是說你是叛徒！你現在還想狡辯什麼！」

「我沒有問妳！妳給我閉嘴！」

「什麼？！」

立德秘書突然大吼出來，嚇到了所有人。碧秘書則一臉不敢置信。

立德秘書瞪向她，「碧，我沒想到會是妳啊，妳的這一番指控，總算讓我知道究竟是誰心懷不詭，成天在老闆耳邊造謠了。」他哼了一聲，「但妳未免也太嫩了，妳認為我會將小姐交給妳嗎？妳不覺得已經搞砸了嗎？」

「立德，你給我放尊重一點了！」碧秘書怒道，然後莞爾一笑：「到了此刻你再混淆視聽也沒用了，我就是奉老闆的命令來的，你再怎麼狡辯也不會有人相信你！」

「究竟是誰在狡辯？我才想問妳為什麼會知道小姐在這裡。」

「老闆是無所不知的，身為他的秘書，你還在質疑這點嗎？」碧秘書說：「而且你到底想把小姐帶去哪裡？」

說完，她朝蒼言招手，語氣變得急切：「言言，快過來，那個立德已經不是以前的立德了，快點過來姐姐這邊啊！」

「美人魚姐姐……」蒼言露出遲疑的眼神，肩膀卻被立德秘書緊緊揪住，讓她痛得含淚仰望他，「好痛啊，兔寶寶，你放開啊！」

「老闆，你快放開小姐啊，你這樣只是讓我們更懷疑！」

「讓碧秘書把小姐帶回去吧！」那群公司高層跟著喊話。

面對這般處境，立德秘書顯得勢單力薄。他和碧秘書具有同等的地位，故要是眾人都站在碧秘書那邊，便會宛如眾臣逼宮，讓立德就算不想妥協也不行。

對於這一切，白陽看得一頭霧水，他的腦袋早就混亂了。若此時的狀況意味著立德秘書與碧秘書有一方是真，有一方則是要殺害蒼言、心懷不詭的叛徒，那麼他到底該相信誰呢？

至於蒼言，白陽也看得出來，她根本無法懷疑任何一個。因為兩個人都是她最親近的保母，他們從小帶她長大。

「小姐，快點過來我這裡，那個人已經不能相信了！」碧秘書急切的說。

蒼言乍看是想踏出一步，卻掙脫不了。

「小姐，您不能過去。」立德牢牢地按著她的肩膀。

「立德你想做什麼！」碧秘書大喊：「快放開小姐！」

「放開小姐啊，老闆！」

「小姐，您絕不能過去那裡。」立德堅決的說，並踏向前一步，擋住蒼言，「我答應過老闆，所以您絕對不能過去。」

「你這傢伙！到現在還在混淆視聽！」碧秘書怒道，伸手就要拉開右手的手環，「別逼我動粗了，小姐我非帶走不可！」

「妳想動粗？妳不怕傷到小姐就是了？還是能傷到她、甚至能把她殺死最好？事到如今總算露出馬腳了嗎？」立德突然像連珠炮似的說道：「各位，你們還看不清楚嗎？這傢伙想趁著蒼神不在的時候篡位！」

「你給我適可而止了！」碧秘書似乎忍無可忍了，在咆哮了一聲後，她從懷中拿出了一個東西——

黑色的紋路及銀色的殼身都透著一股尊貴不凡的氣質，那枝鋼筆在空中閃爍了一下，全場的人頓時都屏住呼吸，接著——他們竟都紛紛屈膝，跪了下來！

「……」立德秘書吃驚的瞪大眼，微張的嘴發出不敢置信的乾咽聲，接著也彎下膝蓋，像喪家之犬一樣跪下來。

「這是蒼神的御用鋼筆，看到它如同看到蒼神本人。」碧秘書平靜的說道，然後將鋼筆收起來。

現場除了她和蒼言以外，還站著的只剩下白玲、白陽和冰川。白陽則早已腦袋空白一片，雙腳好像不是自己的一樣，否則他早就跟著跪了。

面對如此場面，他感覺自己快挫屎了！

「老闆，竟然將鋼筆交給妳了嗎……」立德秘書洩氣的說道，好像受了重傷那樣，連頭都抬不起來，「怎麼會這樣，他竟然信任妳，而且……他到底聽到了什麼，為什麼會懷疑我……」

「這你就自己去問他了，現在把小姐交出來，立刻！」碧秘書說。

「立德先生，請你將小姐交出來！」

「交出來吧，立德先生！」

其他的人也都跟著見風轉舵，竟然都不再稱呼立德秘書為老闆。

立德也不再阻撓，甚至也沒有看蒼言，他任由她自己離去。但蒼言卻站在原地，面對碧秘書和眾人的招手，她一步也沒移動——此時的她一臉呆愣，被剛才的場面嚇壞了。接著她突然鼓起臉頰，一副生氣的樣子。

「你們到底要幹嘛！」只見她用力的跺了一下腳，「你們到底為什麼要吵架？你們在吵什麼！」

白陽看得出她很憤怒，她肯定是被剛才的場面震懾到，然後非常不明白他們為什麼要鬧得這麼凶，搞得所有人都跪下來，還讓她的兔寶寶現在好像失了靈魂一樣。

「小姐，我們沒有吵架，妳快點過來就是了，那個人是壞人！」碧秘書說道，並走過來就要牽起蒼言的手。

「我不要！」但蒼言卻甩開了她，「這樣不公平！我討厭你們了！兩個人為了帶我回去吵成這樣，都不用送我回去了！我自己叫爸爸來接我！」

她用那稚嫩的語氣撂下狠話，然後就伸手往立德的上衣口袋翻找，「兔寶寶，我的電話在哪？」

「……電話？」立德抬起頭，憔悴的臉回過神來。

「就是打給爸爸房間的電話啊！那支電話不是都放在你這裡嗎！」

聽蒼言這麼一說，立德茫了一下。然後猛點著頭，從懷裡拿出一支手機。

後來白陽才知道，蒼言有一支能夠直接打給蒼神的衛星電話，但並非撥到蒼神的手機，而是直接接通他的房間以及公司的各辦公室，且權限只有蒼言擁有。就算平時保管的是立德，他也從不敢使用。

如果是撥到蒼神的房間，就算他臥病在床，也一定能接得到。

「喂？喂？是爸爸嗎？」

「……」白陽簡直不知該怎麼說了。

一直以來他們都不知道要怎麼和蒼神取得聯絡，要和他見上一面簡直難如登天。此刻卻莫名的一切都變得容易了，蒼言只要按一個鍵就好，白陽無法形容這種錯愕又不敢置信的心情。

「喂？是爸爸嗎？……啊？是蓮姐姐啊！」

蒼言用小小的手握著手機，一下子就接通了。

可以聽到從電話另一頭傳來女孩子的驚叫，嚷著「竟然是小姐！竟然是小姐！」，似乎是照顧蒼神的幾位貼身女傭。

接著，在蒼言不小心按下擴音鍵後，一個男人的聲音傳來——

「喂？」

「爸爸！」

「言……！」電話另一端愣了許久，傳來東西掉得滿地的聲音：「言言！」

這聲音無疑是蒼神的聲音，曾經在電視上聽過，白陽不會忘記。但他還是震懾於自己這樣一個無名小卒，竟然能聽見如此真實的蒼神的聲音。

接下來他們又說了什麼，他就沒聽清楚了。他的目光落在碧秘書身上，看著她的臉色從原本的黯淡變為蒼白一片，最後眼神瞟向一旁，一副要逃跑的樣子。

「妳說到鋼筆，我才發現我的鋼筆不見。蓮，妳有看到我放在桌上的鋼筆嗎……」

蒼神回應立德剛才問的話，聲音從電話中傳來。

立德秘書閉了一下眼，似乎已經明白了。他緩緩的站起身，收拾了剛才所有的狼狽，伸展了一下手腕。

「立德，我的鋼筆不在，不知是誰拿走了。」

「好的老闆，這樣我知道了，我馬上就會將小姐送回去。」

「儘快，懂嗎？」

「好的。」

「啊！你怎麼關掉了！」蒼言搥打立德秘書的手，「誰說要你送我回去啊！我要叫爸爸來帶我！」

立德秘書沒有回答她，他動了動脖子，看向已經退到門口的碧秘書。而識相的眾人們全都靠到他身旁，一同敵視著碧秘書。

「差點被妳騙了啊，虧妳還真的拿得出鋼筆，小姐差點就被妳帶走了。」立德秘書平靜的說。

「哼，你懂什麼？我們服侍他這麼久，拿點東西總應該的吧？」雖然行跡敗露，碧秘書卻一點都沒有敗寇之色，反而一副理所當然的樣子。

立德秘書的額角爆出青筋，抬起右手就要低頭看錶——

致命的三條黑線從空中降下，驚得那些高層都跌在地上。碧秘書雖然早有防備，卻還是被黑線擦過腳邊，嚇得花容失色。

她伸手做出撥水的動作，一道海浪便憑空浮現，伴隨著水流的聲音在竄起的瞬間將碧秘書變不見。剎那間，白陽彷彿看到了有一條美人魚搖著尾鰭從窗戶溜出去。

「所以……可以告訴我們到底是怎麼回事嗎？」白陽問道，並慢慢退離被海水浸溼的區域。

「沒什麼，不過是趁著老闆失勢之時，有一些小蟲子跑出來罷了。」立德秘書回答，並蹲下來擦拭了蒼言的眼淚，安慰被嚇哭的她。

「所以你不是叛徒吧？她才是吧？我把一百億，啊不，我把蒼神的女兒交給你應該沒問題吧？」

立德秘書瞪了他一眼，白玲也狠捏了他的屁股，才讓他安靜下來不再亂說話。

白玲說：「立德秘書，您還是趕快將蒼言帶回去吧，待在這裡真的不安全，還是得讓她儘快回到蒼神的羽翼之下比較保險。」

「我也正有此意。」立德簡短的說，然後牽起蒼言的手，「小姐，我們走吧。」

經過那些低著頭的公司高層面前時，他冷冷的說：「你們自己好自為之，只要我還是這大樓的營運長一天，你們皮就給我繃緊一點。」

就這樣，蒼言走了。

臨走前，白陽不忘提醒立德秘書協尋獎金一百億的事，而立德秘書也很直接地承諾這件事，說錢很快就會匯進他的戶頭。

「太好了，有錢人做事就是爽快，我喜歡！」白陽樂歪了，雙腳一蹺就躺在沙發上，一副大爺模樣。

「喂，你這隻懶羊給我節制一點！」白玲拉住他的耳朵，「主人一走，你還真當這裡是自己家啊？我們也該下樓了！」

「痛痛痛痛啊！」

雖然發生那麼多事，此刻地板還殘留著海水，但白陽只要一想到他的一百億就整個人都放鬆了下來，開心得不得了。

那些高層們早已摸著鼻子走了，徒留他們在這三十樓的ＶＩＰ室。剛才發生的事還歷歷在目，突然出現了一隻美人魚，還打了電話給蒼神什麼的……不過，總歸一句，他們的任務達成了，他們已經將蒼言平安交給立德秘書了。

「姐，妳也滿厲害的，妳說妳只相信這個秘書，果然這個秘書是好的。剛才他們兩個在那邊不知誰是真、誰是假的時候，我真的捏了把冷汗。」白陽說。

「廢話，我看人可是很準的！」

稍作整頓後也該離開了，畢竟他們可是闖入了大樓，還毀掉二十樓，是惡名昭彰的不速之客。在那些警衛的注視下，白陽也覺得心裡不是很踏實，有點心虛。

「冰川，還在想一百億元的事嗎？」

下樓時，白陽見冰川的臉色不對，便問道。

畢竟蒼言已經走了，回家了，他也有感傷的感覺，至少用來裝她的背包重量消失了。而這一段下樓的路程如果有她在，肯定會問東問西的，或者她會攀著他的肩膀說一些童言童語，但現在都沒了，以後也不會再有了……

「沒關係啦，就只是回歸到只有我們兩個人的生活而已。」白陽說。

「……嗯。」

「她會一輩子留在我們心裡！」

「我知道。」

看著冰川那失落的樣子，白陽覺得胸口悶悶的。他不由自主的靠近她，且難得的說出正面的話：「今後也一起加油吧！」

是的，蒼言走了，留下無限感慨。他們曾經同住在一個屋簷下，一起吃飯、一起生活，如今只剩下回憶，往後要再見面幾乎是不可能的事。

但白陽會記得的，這段酸甜苦辣皆有的日子。T島的第一千金曾經在他們家住過，這可不是誰都能擁有的經歷。

然後，白陽突然覺得背後毛毛的，轉過頭一看，白玲瞇著眼盯著他們兩個。

「妳幹嘛啊？」白陽下意識的摸了摸自己常被親的左臉頰。

「你們什麼時候發展出這種超友誼關係的？」白玲的眼瞇得更細，直盯著他們牽在一起的手。

「欸欸欸？！」白陽驚得趕緊放開，完全不知自己是什麼時候牽住冰川的手，「誰發展出超友誼關係啊！我是在安慰冰川好嗎！」白陽怒道。

「什麼安慰？就算是安慰也不行！」白玲直走向他們之間把他們撥開，然後一手抱住一個，「姐姐不允許這種事情發生，你們兩個都是姐姐的心肝寶貝，簡單來說就是姐姐的東西，所以兩個人私自談戀愛這種事姐姐是不允許的！」

她嚴肅的晃了晃手指，帶著強烈的警告意味。

然後她頭頂的愛心又冒出來，猛親了白陽一下，也親了冰川的臉頰，直呼他們兩個好可愛，「明白了嗎？這麼可愛的弟弟和妹妹，姐姐是不會讓給任何人的。看到你們兩個牽手，你們都不知道姐姐有多心痛，感覺就像看到自己的杯子和碗在談戀愛一樣……」

「妳這什麼爛比喻啊！我是杯子嗎！」

「所以我是碗？」冰川驚呼。

「總之你們兩個不准談戀愛，姐姐絕不允許，聽到沒有！」白玲教訓地戳了戳白陽的額頭，「不、准、談、戀、愛！姐、姐、絕、對、不、准！」

「痛死了！別戳了！」

「痛就給姐姐親親吧，嗯～嘛！」

「滾啦！」

在這樣子輕鬆和樂的氛圍中，白陽等人離開了大樓，結束了精采驚險的一天。但白陽卻注意到，冰川的表情並沒有放鬆下來，她依舊沉著臉，一副若有所思的樣子。

不知為何，白陽覺得冰川不是在想蒼言的事，她是在想別的事，別的心事。且莫名的，他感覺她已經很久沒笑了，好像從很久很久以前就沒笑過，很久很久以前就是這副憂鬱模樣，他的腦海裡浮不出她的笑臉。

——怎麼回事呢？

▶◎◀◎▶◎◀

幾天後——

白陽難得的出來戶外，他被冰川推著，懶洋洋的打著哈欠。泰迪熊則攀在冰川背上，學白陽打哈欠。

今天不是什麼特別的日子，但冰川直嚷著想出來，再加上她罷工不煮早餐，所以白陽只得跟著出來，不然就會餓肚子。

「哇，羊，那邊新開一間冰店耶！我們去吃吃看！」

「早餐能吃冰嗎？」白陽白了她一眼。

「我可以唷！」

白陽才在想要怎麼挖苦她，卻突然停下腳步，轉頭望向一旁的便利商店，眉毛都皺了起來。

商店裡的電視螢幕突然轉黑，鄰近店家的也是，所有的頻道都紛紛停止了原本的節目，冒出一個插播畫面。

見那些主播們匆忙慌亂的模樣，白陽才納悶著究竟是什麼新聞這麼厲害，需要插播到這種程度，接著就看到了令人吃驚的一幕——

是蒼神。

「各位，早安。」

蒼神的聲音傳來，伴隨著螢幕裡頭那雄獅一般的容顏……過了很久，白陽斷掉的腦神經才接上——這是即時的視訊畫面！

所有的路人都停下來駐足觀看，錯愕的錯愕、捂嘴驚呼的捂嘴驚呼。但接著就全都安靜了下來，屏氣凝神的盯著電視。

馬路上所有的車子也都停了下來，不是降下窗戶觀看外頭店家的畫面，就是看著自己車內的螢幕；小吃店老闆洗碗的手就這麼舉在半空，用餐的客人麵條掛了一半在嘴邊，甚至連狗都不動了；每個人的臉上不是專注嚴肅就是茫然，霎時整條街都是一片靜止，只有電視的聲音而已。

想必，此時整個T島也都處於同樣的狀態。

「歷經了兩個半月，整整七十八天後，我的女兒蒼言總算回家了……」

沒錯，電視裡正在播放的，正是蒼神已經找回女兒的新聞。

蒼神那個失蹤好幾個月的女兒終於回家了，蒼神鐵路對外發布聲明稿正式說明此事，且由蒼神本人親自露面，除了強調蒼言毫髮無傷外，也間接破除了外界那些有關蒼神病危在床、甚至已經死去的謠言。

簡短的兩分鐘過去後，新聞主播的臉取代了蒼神原本的位置，但那犀利的眼神與驚人的氣勢卻仍停留在眾人的腦海裡。宛如打了強心針一般，讓已經空虛了兩個月的T島人民，內心的踏實感總算又回來了。

雖然蒼神只講了兩分鐘，但那番強勢的聲明卻有如天降甘霖一般，使得陰霾終於遠離T島。

白陽身旁的路人無不舉手歡呼，或感激落淚彼此擁抱，整條街都慶祝起來。

可以樂見蒼神鐵路跌掉的股價從今日起就會開始回升，經濟也將會有復甦的跡象；螢幕裡的財經專家更直言，最壞的時刻已經過去了，漫長的黑夜將隨著蒼言的回歸出現第一道曙光，可說是舉國歡慶，全民之福音。

「呵，T島的帝王終於回來了，T島又恢復了生機，一片欣欣向榮。大家從明天開始要努力工作囉。」白陽酸酸的說。

「太好了呢，言言平安回去了。」冰川說。

「是啊，太好了，只希望蒼神下次不要再把女兒弄丟，不然全民都要跟著陪葬。」

白陽繼續挖苦。

既然蒼言回到了蒼神身邊，那麼短期之內便可見到蒼神復出，整個集團也會重新運作，帶領T島回歸正軌。

白陽嘆了口氣，感覺心裡的大石頭總算放下了。

一切都結束了。

「走吧，吃飯。」他向前走去。

「咦，不吃冰了嗎？」

「吃妳個頭！」白陽說：「吃完早餐就回家睡覺。」

「你又要睡！」

「睡啊，這麼好的一天不睡嗎～」

白陽仰頭看了一眼天空，然後轉身，牽上了駐足的冰川的手。

街上的人又開始行走，交談問早的聲音清澈地傳來，充滿朝氣的一天就此開始。

《島國守衛戰01哥哥說路邊的熊不要亂撿！》完

敬請期待《島國守衛戰02》精采完結篇！

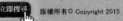

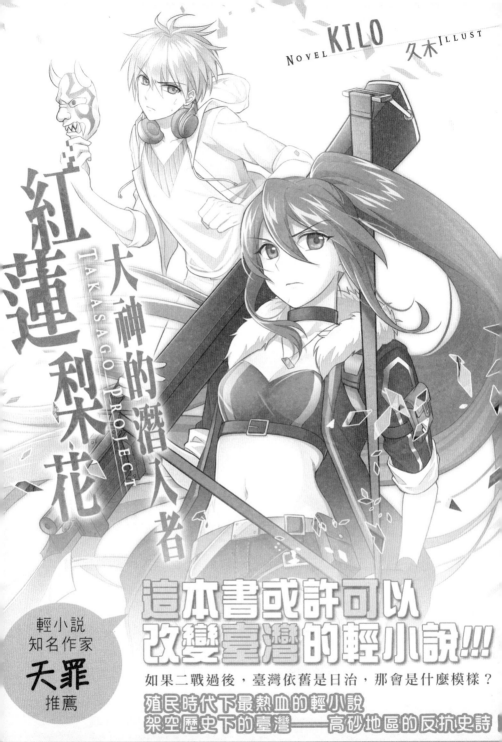

Bogle Hunter
異靈獵人
作者 月雨 X 繪者 Ginger
幻武小說名家月雨輕小說新作
異靈獵人，抵擋異靈的所有威脅，您居家外出的終極保鏢
吶有需要請喀電話：控八控控-控控控……
不論是仙術天才的純情少年、一劍在手天下無敵的高中美少女
或是妖嬈豔麗的御姐，咱公會攏有！
典藏閣
華文聯合出版平台
www.book4u.com.tw
采舍國際
www.silkbook.com
不思議工作室_
立即搜尋
版權所有© Copyright

羊角系列014

島國守衛戰 01

哥哥說路邊的熊不要亂撿！

出版者■典藏閣
作　者■瓶　繪　者■Flyking
封面設計■Snow Vega
總編輯■歐綾纖
製作團隊■不思議工作室
郵撥帳號■50017206 采舍國際有限公司（郵撥購買，請另付一成郵資）
台灣出版中心■新北市中和區中山路2段366巷10號10樓
電　話■(02)2248-7896　傳　真■(02)2248-7758
物流中心■新北市中和區中山路2段366巷10號3樓
電　話■(02)8245-8786　傳　真■(02)8245-8718
ISBN■978-986-271-666-3
出版日期■2016年1月

全球華文國際市場總代理／采舍國際
地　址■新北市中和區中山路2段366巷10號3樓
電　話■(02)8245-8786　傳　真■(02)8245-8718

新絲路網路書店
地　址■新北市中和區中山路2段366巷10號10樓
網　址■www.silkbook.com
電　話■(02)8245-9896
傳　真■(02)8245-8819

☞**您在什麼地方購買本書？**☜

1. 便利商店（________市／縣）：□7-11　□全家　□萊爾富　□其他________

2. 網路書店：□新絲路　□博客來　□金石堂　□其他________

3. 書店（________市／縣）：□金石堂　□蛙蛙書店　□安利美特animate　□其他____

姓名：________地址：________________________

聯絡電話：____________　電子郵箱：________________

您的性別：□男　□女　　您的生日：西元________年________月________日

（請務必填妥基本資料，以利贈品寄送）

您的職業：□上班族　□學生　□服務業　□軍警公教　□資訊業　□娛樂相關產業

□自由業　□其他________

您的學歷：□高中（含高中以下）　□專科、大學　□研究所以上

☞**購買前**☜

您從何處得知本書：□逛書店　□網路廣告（網站：________）　□親友介紹

（可複選）　□出版書訊　□銷售人員推薦　□其他________

本書吸引您的原因：□書名很好　□封面精美　□書腰文字　□封底文字　□欣賞作家

（可複選）　□喜歡畫家　□價格合理　□題材有趣　□廣告印象深刻

□其他________

☞**購買後**☜

您滿意的部份：□書名　□封面　□故事內容　□版面編排　□價格　□贈品

（可複選）　□其他

不滿意的部份：□書名　□封面　□故事內容　□版面編排　□價格　□贈品

（可複選）　□其他

您對本書以及典藏閣的建議________________________

____

____

✌未來您是否願意收到相關書訊？□是　□否

✍感謝您寶貴的意見✍

印刷品

$3.5

請貼
3.5元
郵票

不思議信局
FUSIGI POST

235 新北市中和區中山路二段366巷10號10樓

華文網出版集團　收

（典藏閣－不思議工作室）

島國守衛戰

01 哥哥說路邊的熊不要亂撿！